NIEBLA SOBRE EL OCEANO

Primera edición: Enero 2026

Publicado por ClassicReadings

Plano, TX.

ISBN 979-8-90243-702-4

PROLOGO

La niebla llegó sin aviso, como siempre lo hace, es inevitable, en mar abierto se ha hecho hábito, pero en esta oportunidad atravesó la proa del crucero como una pregunta que buscaba respuesta deformando el horizonte y desdibujando certezas y mentiras.

Esa realidad, esa neblina mantenida en tiempo y espacio, quienes estaban a bordo pronto comprendieron que no era una simple neblina marítima, sino un velo deliberado buscando verdades en sus vidas entre lo que creen ser y lo que realmente son.

En estas páginas descubriremos como los accidentes entre naufragios y encallar en lugares misteriosos, no fueron solos por errores en el fuerte acero o en la madera, sino por verdades personales, pesos en sus vidas, en sus almas: recuerdos, culpas, misterios no resueltos, verdades ocultas y sueños, emergen de las brumas para juzgarlo.

La niebla no solo envuelve al océano, envuelve también la historia humana en sus decisiones y sombras ocultas.

Aquí en este viaje que desafía al tiempo y a la memoria, te invita a mirar más allá de la bruma. Las preguntas que están dispuestas a enfrentar cuando el pasado llama desde el silencio.

Así mismo, recoge el telón de noticias que ocultaron: resultados acomodados, excusas salvadoras y culpas que han quedado en el olvido

Casos que han marcado historias, letras que han llenado periódicos sin llegar a la verdad y aplicación de justicia.

Y es en esa parte es donde aparece una explicación que aclara el panorama y la razón de muchos secretos que guarda el mar, un cementerio sin lápidas.

ÍNDICE

EL LAGO NO LO ESCOGIÓ

Aquella fue una decisión que no solo cambiaría su propia vida, sino la de toda una familia, jamás pensó que desde ese momento se iniciaría el destino, el camino de él y de toda una generación que hoy desconoce como comenzó todo y como esta historia dejó el testimonio como un pacífico y siempre sereno lago, actuaría de manera misteriosa como el mar que lo limitaba, ese monstruo silencioso, callado en oportunidades, pero que ruge cuando así lo decide, fue quien lo marcó para cumplir una historia cargada de sueños y un amor realizado por más de 80 años dejando a su paso el agradecimiento por la decisión tomada el día crucial de su existencia.

Era una noche como cualquiera, el cielo oscurecía poco a poco, nubes acostumbradas a caminar en el maravilloso y amplio cielo siempre celeste, admirando el refulgir del relámpago encendido de manera misteriosa, no se le conoce su origen, tampoco la razón de su eternidad sin apagarse, pero es hermoso, impresionante y por momentos inspira temor e incertidumbre, y así bajo ese escenario especial de la naturaleza, la gente caminaba apresurada hacia el muelle, faltaban pocas horas para zarpar hacia el sorpresivo lago, la Piragua Santa Isabel, la de siempre, la de larga trayectoria en el pueblo de un joven y una chica entrelazados con su historia. Pronto escribirían sus nombres en los anales de las crónicas de escritores y periodistas.

Ella, la pequeña nave que atravesaba las aguas celeste y verde en oportunidades se crecía, se agigantaba en el Lago azul claro, sereno, trasmitiendo su característica calma a unas personas acostumbradas a reír intensamente, a cantar mientras buscaba su ubicación, su vereda, la Santa Isabel, los esperaba como todas las semanas para cargar alimentos y personas llenas de ilusión recorrer el bello lago de la ciudad de Maracaibo y llegar a su destino.

Cuantas ilusiones, cuantos sueños, cuantos planes y proyectos. Son en su mayoría jóvenes, hombre y mujeres entre los 16 y 20 años, hombres trabajadores entre los 20 y 25 años, también madres cargando a su bebe, mientras colgados de sus vestidos están los chicos, no mayor de 5 años.

Aquellas imágenes de gente noble con sus trajes de fuertes colores, destacando el amarillo con el rojo, el azul con el naranja, el negro con el blanco, cultura, que, según los entendidos, es característico de una zona cálida, muy cálida en algunos días y de la herencia española y portuguesa habitantes consuetudinarios en tan acogedora ciudad venezolana.

Hacia el final del muelle caminaban todos sobre un puente que por momentos parecía derrumbarse construido con tablas de madera ya rendidas por el tiempo, el uso y la humedad proveniente del cálido Lago de Maracaibo.

Todos se preparan para atravesar el lago, ya les llegaba la noche, la salida del Santa Isabel está prevista para las 7 de la noche esperando los últimos pasajeros que ya habían cancelado sus pasajes, muy económicos considerando es una piragua mas para llevar alimentos, que transportar personas así que el espacio para ellos es un poco mas limitado, pero no se quejaban, eran aquellos años de 1931 con pocas facilidades y comodidades, todos conformistas, esa es la realidad de esa era con muy pocos recursos, mejoraban la ciudad pero muy lentamente.

Mientras la Piragua acomodaba la carga de alimentos, y los pasajeros llegaban poco a poco, del otro lado del aparcadero un joven de 19 años visitaba a su novia, es por ella que todos los días atravesaba el Lago para verla, para estar a su lado unas dos horas, el tiempo permitido por los padres de esa época a sus hijas hembras y con edad para casarse, entre los 14 o 15 años.

Envueltos en ese amor primaveral, limpio, hermoso, pasaba el tiempo, el cielo aun con unos rayos de sol que permitía la claridad suficiente que anunciaba el final del día, la entrada de la noche y con ello todos a casa, puertas y ventanas cerradas, las luces de las calles tan tenúas, que no permitían muchas actividades y el trabajo del día siguiente se iniciaba desde muy temprano con la salida de los primeros rayos de sol.

Aquel joven muy enamorado de su bella chica esperaba hasta el último momento para despedirse, dirigirse al muelle, tomar la piragua y llegar a su casa, al día siguiente debía estar en las oficinas del puerto donde laboraba como contador.

Suena la sirena, primera llamada de la Piragua Santa Isabel para zarpar. El joven espera el segundo llamado para despedirse. No lo escucha, suena el tercer llamado, el cree es el segundo y camina a paso normal hacia el muelle.

Cuando llega la piragua va zarpando, el joven corre, lo espera su amigo, al verlo aún hay tiempo para saltar, "salta, salta que aun alcanzas" le gritaba.

La piragua lleva mucho peso, el joven al mirar al lago las olas están fuertes, el temor a caer le impidió dar el salto y con el dedo le dijo que no podía, que ya era tarde. Lentamente se retiró del muelle, se sentó en una de las bancas que han quedado vacías. Pasaría la noche allí para tomar la siguiente piragua a las 5 de la mañana y llegar a su trabajo.

Eran las 9 de la noche, el extraño relámpago esta más agresivo que otros días, el lago que siempre es sereno, parece embravecido, la piragua va al son de las olas, todos en sus lugares nada raro ven, ni sienten, pero la piragua lleva más peso del normal, mucho más pasajeros, que hicieron la diferencia.

Aquel joven se quejaba de haber perdido la piragua, por momentos preocupado, por otros deseaba regresar donde su novia, sería en vano la puerta de su casa, como en todas, estaría cerrada, sería tiempo perdido. Decide quedarse allí, esperar el amanecer. A él, ese Lago cálido y callado no lo escogió.

El faro que guía a las embarcaciones, en su chequeo de las 9.30 de la noche, da el primer pitazo, no ve a la Piragua, mueve el faro para un lado y para el otro, nada el Santa Isabel no se ve, una y otra vez hace el chequeo, nada no está, pero no se escuchó nada anormal, todo parecía estar bien. El Lago guardaba su secreto muy bien.

En la quinta vez al alumbrar la ruta de la piragua Santa Isabel, no la ve. Ya es suficiente, es preocupante, suena la sirena, una y otra vez.

El pueblo comienza a abrir sus puertas y ventanas, todos salen a la calle, ¿qué pasa, que sucede? la piragua no se ve en el horizonte, señala un joven. Crece el temor, la desesperación allí van muchos de sus familiares, de inmediato la mayoría pide auxilio, que alguien busque a la piragua, los familiares y amigos, inician los llamados de auxilio corriendo por todo el pueblo, gritan: "Se hundió el Santa Isabel" "Se hundió el Santa Isabel" no tenían certeza de eso, pero no había otra explicación, sobre su desaparición de manera súbita.

El cielo oscurece con sus nubes la luna llena haciendo más difícil localizar algún indicio que les de esperanza. La desesperación va en aumento, los llantos y gritos llamando a sus familiares muestran un pueblo dolido, una tragedia injusta, no se lo merecen, el lago ha tomado una embarcación de gente justa, noble, aquello no lo pueden aceptar, va aumentando el llanto, las quejas y nadie puede consolar, ¿cómo hacerlo? ¿quién tiene el ánimo para eso? Todos de una u otra manera, tienen a un ser querido en esa bendita piragua que les ha destrozado la vida. Es un pueblo pequeño, todos hacen una gran familia, la tragedia es infinita, terrible.

Con un halo de esperanza salen canoas a recorrer la trayectoria que sigue la piragua, nada por ningún lado, aparece la piragua, o un indicio de ella. Nada, a la Santa Isabel se la tragó el lago.

Mientras continúa la búsqueda, la desesperación va pasando a resignación, aquel joven que no saltó, que milagrosamente se salvó de tan triste final, tiembla de los nervios, corre de un lado a otro, por todos lados, los nervios en su máxima expresión, se une al llanto de todos.

Él se salvó, fue un milagro, el amor por su novia lo salvó, de haber escuchado la segunda llamada, estaría en el fondo del lago. Pero abrazado con ella a quien no quería soltar, esa sirena en la segunda ocasión no llegó a sus oídos, solo las palabras de ella, su chica, su amor.

Así entre llantos, rezos, reclamos a la vida y al cielo, pasó el pueblo la noche en vela, esperan por algún milagro, por alguna noticia, que se desvió, que continuo su recorrido al atracadero, en fin, aun guardaban esperanzas.

No fue así, de nada sirvió los rezos, las palabras de aliento de unos y otros, definitivamente en esa noche les cambió la vida.

Ni al día al siguiente, ni a los muchos que siguieron después de esa noche tuvieron una respuesta, la certeza que pasó con la piragua, ¿se hundió, o se desvió porque la corriente de las olas cambió?

Una de las canoas que salieron averiguar, dio la noticia: la piragua Santa Isabel se hundió de manera súbita, las frutas y algunos cadáveres ya flotan en el agua.

El pueblo todo volcado en el muelle, hay que ir a ver si hay sobrevivientes, por Dios hay que ir a ayudar, gritan hombres y mujeres, hay que hacer algo.

Eran las 12 del mediodía no hay nada que hacer, el lago se tragó a la Santa Isabel, era demasiado peso para tan pequeña nave.

En la piragua iban 50 pasajeros entre hombres, mujeres y niños. Todos quedaron bajo el agua, fue un hundimiento súbito, por eso no se escucharon gritos, fue un solo movimiento para caer al fondo del lago, primera tragedia de esa naturaleza y tamaño en el Lago de Maracaibo. La sobrecarga fue la causa.

La novia del joven al igual que todos los del pueblo salió a la calle y desobedeciendo a sus padres se dirigió al muelle, allí iba su novio, su amor, su comprometido.

Se murió, se ahogó, gritaba mientras caminaba hacia el muelle. El joven la escuchó, salió rápido a su encuentro, estoy vivo, le gritaba, estoy vivo, no me fui en la piragua, no logre entrar, estoy aquí.

El abrazo fue tan emotivo que las mujeres lloraron, los hombres se acercaban para felicitarlo dando gracias a Dios.

Ese joven, ese chico que perdió la piragua, que decidió no saltar para irse, es el padre de quien escribe, es el esposo de mi madre.

Esta historia contada por él mismo a nosotros sus 7 hijos, quienes allí, en esa decisión que tomó al no saltar como le decía el amigo, fue cuando se inició realmente nuestra vida. Ese joven, fue nuestro padre a quien el mar no lo escogió. Y hoy estoy escribiendo tan emotivo acontecimiento que en ese año 1931 fue la noticia de primera página en todo el país y en muchos periódicos internacionales.

Definitivamente, hay hechos que marcan para siempre, a mi padre y a mi amada madre, hasta el día de fallecer agradecieron a Dios que ese día, él no escuchó el segundo llamado de la piragua para abordar y eso lo salvó. El destino y los caminos de Dios son impredecibles definitivamente.

Cuántas tragedias en mares y océanos han terminado con vidas que quizás aun tenían misiones que cumplir, tal vez no, pero igual se las llevó para cambiar así el destino de otros, bien la de unos padres que los esperaban ansiosos, o esposas con hijos que los necesitaban, hijos que deseaban abrazar a su madre, fueron cambios que el mar, en este caso el Lago, tomó la decisión de alterar y otro sería el destino para quienes jamás pensaron el nuevo camino que les esperaba.

La Piragua Santa Isabel murió de manera súbita, sin gritos, sin alarmas, sin aguas embravecidas, se hundió sin aviso, sin demostración de fallas mecánicas, solo se hundió y con ella los tantos pasajeros, unos hablan de 50, otros de un poco más, pero al final sean cuantos sean, de ellos nada quedó, nada se conoció, solo que apenas a unos 3 kilómetros del muelle, la piragua de súbito desapareció y con ellos vidas humanas importantes para sus familias, el pueblo y la historia.

¿Cuántas historias podemos recordar en estas letras, cuántas vienen a nuestra memoria?

Es allí cuando el mar no da explicaciones, porque quizás no todo sea místico, o no todo sea ciencia, pero hay hundimientos que ocurren tan rápido que ni la razón, ni la fe comprenden.

No hay tiempo para gritos largos, ni entender que pasó. Sencillamente ese lago de Maracaibo, tan tranquilo, siempre quieto, considerado casi familiar, se abrió como una boca antigua y se tragó gente y mercancía.

Allí quedaron historias sin terminar de contar, otra como la del joven que no logró llegar a tiempo, permitiéndole iniciar una nueva vida, un destino ya marcado que lo retuvo, no era uno de los escogidos y premeditadamente, lo excluyó, considerando todos que fue el milagro de un amor sincero que apenas se iniciaba.

Hoy luego de casi 100 años, la historia de la piragua Santa Isabel continúa pasando de padres a hijos manteniendo el respeto por quienes allí bajo las profundas aguas del lago terminaron sus vidas, como al mismo Lago que por tranquilo y sereno que generalmente se muestra, no deja de ser sorpresivo y feroz.

EL MAR, TERRITORIO INEXPLICABLE

El agua no distingue entre lago, océano o mar, guarda memoria en todas sus formas, siempre es un misterio sea cual sea la ruta escogida o seleccionada. El mar es un territorio inexplicable, por lo tanto, peligroso, debe ser tomado con respeto y cautela.

Los científicos hablan de errores, los humanos de fallas estructurales, de tormentas inesperadas.

Los místicos en cambio susurran sobre grietas, sobre momentos en el que el tiempo se adelgaza y la realidad se vuelve porosa.

Cada uno con su explicación y no siempre es literal en cualquiera de esas formas señaladas, en muchos casos los motivos o causas de esos accidentes, tragedias o hundimientos, son mezcla de varios factores.

Hay barcos que se hunden y hay otros que parece haber sido llamados.

A lo largo del siglo 20, y principios del 21, ferris y embarcaciones de pasajeros, no fantasmas, no leyendas antiguas sino barcos modernos llenos de vidas cotidiana atravesaron aguas conocidas y no regresaron de la misma manera.

¿Fueron accidentes?

¿Errores encadenados?

¿O instantes en los que el mar abrió una puerta que nadie vio?

Hoy después de tantos años y con los avances en la ciencia y tecnología, no se explican que les sucedió, ¿por qué no se descubrieron a tiempos las falla? ¿O si fue error humano, o descuido en el debido mantenimiento?

Cualquiera pudo ser la causa, la realidad del por qué siguen sucediendo hechos como en años anteriores. De allí que mencionaremos algunos casos que fueron reales, con fecha registrada, pero entre los informes oficiales y los testimonios humanos, hay silencios que nadie puede explicar. Hablemos de algunos de ellos donde el mar toma sus decisiones sin anunciarse.

En el Mar Báltico en 1994

Es una noche fría, con el característico silencio del norte de Europa, el mar parece una entidad que observa, que busca verdad, que pesa el momento.

El Ferry M.V. Estonia, con más de 200 pasajeros que disfrutaban de la tranquilidad de las aguas, en un silencio que ocultaba el peligro que las tranquilas olas representan, porque el mar no avisa, no grita, actúa muchas veces de manera silenciosa como en este caso, donde los muchos pasajeros nada sentían, con la felicidad en ellos al sentirse en uno de esos paseos paradisiacos, disfrutaban cada minuto, el ferry les brindaba esa seguridad. Se dijo luego que, al no estar alertas, prevenidos, fue algunas de las razones para el tamaño de la tragedia donde fallecieron todos, inclusive la tripulación.

No hubo tiempo para un llamado de auxilio, tampoco para escapar de alguna manera y buscar tierra, considerando el poco tiempo de haber zarpado desde el muelle había tiempo de salvar algunas vidas de haber prevenido la situación.

El Mar Báltico, ubicado al noreste de Europa. Siendo un brazo del Océano Atlético, no es del todo tan calmado e inofensivo. Al contrario, al encontrarse conectado con los estrechos daneses y estar rodeados por países que forman una importante vía marítima, es un mar donde se deben tomar precauciones porque definitivamente el mar escoge en silencio marcando el destino de quienes lo ignoran en muchas de sus características.

Es un mar interior que ocupa una cuenca formada por la erosión glacial que lo hace más peligroso y de riesgo considerable.

Se une al océano Atlético a través de estrechos pocos profundos que pasan por Dinamarca y en ocasiones ha provocado conatos de accidentes.

Por todas esas características, el Ferry MV Estonia, podía ser víctima, como lo fue, del fatal accidente donde todos murieron en cuestión de minutos, sin posibilidad de alguna reacción que impidiera la muerte de tantas personas.

Luego se dieron justificación y aclaraciones más de forma especulativas, que sinceras y reales a las circunstancias.

Por eso señalamos que el mar allí como lo vemos y sentimos, callado, sereno en la mayor parte del tiempo, cuando menos se espera, reacciona, decide llevarse naves, personas, sueños, proyectos, en pocas palabras: vidas.

Frente a este grave naufragio, las autoridades mintiendo, especulando señalaron que el problema estuvo en la proa, una falla sin darle importancia. Eso nadie lo podía saber si no hubo sobrevivientes, no hubo comunicación con nadie y el ferry quedó en el fondo del mar.

Así en falsedades, mentiras, especulaciones y una actitud con dudosa moral, han sido muchas de las respuestas en accidentes como este y los tantos más ocurridos en aguas de mares, océanos y lagos.

Fueron 200 seres humanos más entre los miles que han perdido sus vidas en aguas internacionales, en su mayoría, pero también en aguas de lagos y mares en territorios pequeños como la realidad vivida en Venezuela con la piragua Santa Isabel, pequeña nave de carga, que se le permitió sobrecargarla con pasajeros con un resultados que se podía anunciar sobre el Lago de Maracaibo, por la irresponsabilidad de las autoridades del puerto quienes permitieron la sobrecarga, en horas de la noche, sin contar con señales de auxilio, radio o cualquier tipo de comunicación, sin salvavidas. Esa fue la realidad, el resto fue cuento y melodía de unos personajes irresponsables.

En Bélgica en 1987.

Sin tener acceso directo a un océano, sino al mar del norte que es parte marginal del Océano Atlántico, en Bélgica en febrero de 1987, hubo una gran tragedia marítima que cobró la vida de casi 200 personas. Oficialmente se informó que fueron 193 los fallecidos, pero la cifra no era la exacta, así lo señalaron las autoridades del momento reconociendo que carecían de la veracidad de muchos aspectos del ferry al no ser tomado como un hecho trascendental un paseo turístico.

Nos referimos al Ferry MS Herald of Free Enterprise que tal vez por la premura para zarpar salió con la compuerta abierta y aquello fue el paseo más corto que ferry alguna haya disfrutado.

Esos más de cien pasajeros que planificaron ese paseo por mucho tiempo, lograron los recursos con todos los preparativos, tal como es costumbre entre quienes desean disfrutar así del, mar sea por unos días, de algo diferente, un paisaje, unas nuevas amistades, la alegría de estar sobre el océano y en fin todo un sueño que duró prácticamente un instante, aquella compuerta sin asegurarla acabó con todo en cuestión de minutos, por no decir en segundos.

Prácticamente el hundimiento fue de manera súbita, no hubo tiempo para nada, ni advertencia, ni solución inmediata, mucho menos hubo tiempo para pedir auxilio, ayuda a la misma gente que aún estaba en el muelle dando el saludo de costumbre y solo escucharon unos gritos y un sonido que debió ser el choque de la manera súbita como llegaron la profundidad del mar.

Nadie, pudo salvar ni uno solo de esos pasajeros. El sueño del ferry MS Herald, duro minutos, todos en lugar de un disfrute del paseo prometido, encontraron el final y de qué manera.

El mar ahí como lo vieron calmado, esperando para conducirlos al lugar que habían esperado para esos días u horas diferentes, fuera de la rutina diaria, se los tragó literalmente, porque definitivamente ese mar decide sin anunciarse y en este caso, le facilitaron todo con el craso error de la compuerta abierta.

Así es el mar, decide solo, las circunstancias externas a veces lo ayudan, pero en otras bastas con un movimiento de olas fuera de los normal para cambiar de repente vidas, destinos y caminos.

Estados Unidos, 1975

Cuando hablamos de "mar", estamos generalizando, incluyendo en esa palabra: Océanos, Lagos, y hasta bahías.

Era octubre de 1975 cuando uno de los barcos cargueros más grande de los Estados Unidos, el SS Edmund Fitzgerald, se hundió sin señal de auxilio. Ni en el paradero, ni en las oficinas de la aduana, como tampoco en la empresa a la cual pertenecía, se recibieron llamadas de alguna irregularidad, o de algún problema, o inconveniente.

Sencillamente el carguero se hundió sin conocerse la causa, no hubo sobrevivientes.

El mar silenció todo, no hubo voces que explicaran lo sucedido, fue una tragedia que inmortalizó, no solo a uno de los lagos más grandes del mundo, sino al propio SS Edmund Fitzgerald, el poderoso ferri, orgullo de la marina norteamericana, emblema para el país más poderoso y con los avances más importantes, qué en un instante, sin aviso y sin protesto, el lago selló su destino. Así de sencillo, como algo simple y rutinario para la fuerza y la decisión del agua al tomar al muy poderoso Ferri cargado de mercancía en una de sus rutinarias rutas comerciales.

No fue el mar, tampoco en un océano, donde este importante barco se hundió fue en el Lago Superior de los Estados Unidos, el Lake Superior.

Es el lago más grande del mundo por su superficie, parte de los grandes lagos de la frontera entre Estados Unidos y Canadá, con una superficie de 82 mil kilómetros, siendo lógicamente el más profundo con aguas muy frías.

El carguero SS Edmund Fitzgerald, es uno más de los 500 naufragios que se conocen, en este importante lago por donde transitan cientos de cargueros, barcos de pasajeros, lanchas y demás.

Algunos escritores, geógrafos y ciudadanos, consideran que es un mar por su extensión, profundidad, masa de agua y extensión, sin embargo, es registrado como lago porque el agua es dulce.

El carguero, a pesar de haber sido el más importante de la Estados Unidos, en su época, es un número más, una nueva cifra en los anales de los cientos de naufragios ocurridos en este caso en un lago, inmenso sí, pero lago al fin que se consideran más seguros y fácil de atravesar.

La realidad y su decisión, fue otra muy diferente demostrando que el agua en sus diferentes manifestaciones en el planeta, nunca son seguras, tal como en esta oportunidad, marcando una raya más en las estadísticas.

Costas de Sudáfrica, 1909

Definitivamente el mar es un enigma en todos sus aspectos, por lo tanto, las tantas tragedias de la cual ha sido escenario y a la vez protagonista, han quedado sin resultados concretos, verídicos y exactos dando paso a la especulación exageraciones y mentiras, pero siempre basadas en hechos reales a lo largo de los tantos mares, océanos y lagos que forman parte de nuestro planeta tierra.

En 1909 en el océano Indico, frente a las cotas de Sudáfrica a finales de julio, un nuevo evento lamentable ocurrió con el SS Waratah, un barco de vapor que viajaba de Durban a Ciudad del Cabo que desapareció misteriosamente llevándose consigo a 211 personas sin encontrar sus restos, sus cuerpos, siendo uno de los misterios más sorpresivos en tragedias en aguas de mar u océano.

Era el segundo y último viaje del SS Waratah, venía de regreso de su viaje inaugural, que lo cumplió de manera magnifica demostrando sus buenas condiciones y capacidad como barco de vapor.

¿Qué sucedió luego?

Esa la pregunta que aún hoy, luego de tantos años, no han logrado dar con la respuesta, considerando que no hubo llamado de alerta o de auxilio, sencillamente el Waratah desapareció con toda la tripulación y las 211 personas a bordo.

Había partido desde Londres el 27 de abril bajo el mando del capitán Joshua Liberty, para luego de cumplir con todo éxito y normalidad su viaje inaugural, retornaba a su punto inicial contando con esos 211 pasajeros quienes con orgullo y confianza viajaban en ese segundo recorrido que llegaría a Ciudad del Cabo.

Ninguna causa a la vista, ninguna razón para tan abrupta desaparición. Solo hubo teorías especulativas como una ola gigante que lo envolvió y hundió, defecto de diseño o una explosión, considerando que viajaban con mal tiempo.

Fueron las únicas explicaciones apelando a la lógica y a falta de experiencia en la segunda oportunidad regresando de su primera travesía.

El Waratah fue visto por última vez cerca del río Mbashe por el vapor Clan MacIntyre que también estaba atravesando bajo un clima calificado como muy severo.

Hasta la fecha se mantiene esa única razón para explicar la rápida y misteriosa desaparición con los 211 pasajeros de quienes no se consiguieron sus restos.

La historia del Waratah, es un testimonio más de lo peligrosos y misteriosos que son mares y océanos, ubicando en el tercer lugar a los Lagos con el caso del SS Edmund Fitzgerald en el Lago Superior de Estados Unidos y la Piragua Santa Isabel en el Lago de Maracaibo, Venezuela.

LA OBEDIENCIA SE VOLVIO PRISION

La historia que el mar ocultó.

Esta es una historia donde el tiempo se detuvo esperando un rescate que nunca llegó.

Es este un capítulo especial rindiendo homenaje a 250 jóvenes estudiantes, quienes murieron cumpliendo órdenes, víctimas de esa cultura de respeto y disciplina surcoreana.

Nos referimos a la tragedia ocurrida el 16 de abril del 2014 en Corea del Sur en el Ferry MV Sewol, en la ruta de Incheon a la isla de Jeju.

La niebla ese fenómeno que por momentos toma los cielos en mares y océanos, no solo oculta y absorbe barcos, ferris y piraguas, sino también culpas, silencios y verdades, que quedan allí en lo más profundos de sus aguas y en lo más lejano de una sociedad que prefiere guardar secretos y realidades para defender sus propios derechos mercantilistas, que enfrentar realidades y hechos oscuros que cobran víctimas inocentes cuyos nombres quedan enterrados en el fondo de un mar que en su momento dio la oportunidad, y en la memoria de quienes nunca desean recordar sus culpas, sus fallas y las muertes de inocentes como en esta historia, de los 250 chicos, estudiantes del prestigioso colegio Dan won High School de Corea del Sur.

Con una carga humana muy valiosa, El MV Sewol, a pesar de realizar una travesía corta, sumó más víctimas que la embarcación Wilhelm Gustaloff en la segunda guerra mundial para convertirse en la tragedia más impactante de esta era del siglo 21.

Durante semanas los jóvenes, buenos estudiantes, con su alegría característica comentaban con grandes ilusiones los días que los esperaban en la famosa isla turística de Jeju, donde permanecerían por una semana como parte de la celebración por su final de año, su alto rendimiento y buena conducta, hechos que por años han distinguido al colegio Dan Won High School, en la Corea del Sur, país que se levantaba entre los países más progresista y éticos de su época.

En esas ilusiones de los jóvenes, no estaban solos, sus padres y familiares también con grandes ilusiones deseaban la estadía en la turística isla Jejú como recompensa por el rendimiento y el fin del año escolar.

Sus hijos, ejemplo para toda la sociedad y siendo el futuro de un país en vías de superación, se merecían premios como ese prometido paseo paradisiaco a la isla Jeju donde por siete días disfrutarían del sueño de todo joven al compartir todos momentos de alegría, entusiasmo en una libertad con responsabilidad y respeto.

Lo más lejano que tenían en la mente todos ellos y la misma directiva del plantel, la tragedia que vivirían casi de inmediato a la salida del ferry del puerto de Incheon y que todo se convertiría en una de las más desastrosas e impresionante tragedias marítimas del mundo por todo lo que involucraba con la actuación del capitán y su tripulación quienes con una irresponsabilidad inconcebible dieron órdenes a esos chicos a permanecer en sus camarotes a pesar de saber la dimensión del problema que se vivía en el ferry.

Eran chicos educados para obedecer, chicos a quienes se les enseñó que la voz de la autoridad no se cuestiona, que esperar es una forma de respeto, que cumplir la orden es una virtud, confiados se quedaron.

Permanecieron en sus camarotes, sentados en literas estrechas con los chalecos aun doblados, con los teléfonos apagándose poco a poco creyendo, porque así se les había dicho, que la ayuda llegaría. Que alguien volvería por ellos. Que el mundo adulto no los abandonaría.

El agua fue entrando sin violencia, casi con pudor, uno a uno se los fue llevando. El ferry se inclinaba, el tiempo se estiraba, y la espera se volvía espesa, irrespirable, nunca llegó.

Afuera el mar estaba quieto, como si no quisiera intervenir, como si solo pudiera recibir, daba la intención que se tomaba su tiempo a la espera tal vez, de alguna reacción que detuviera ese hundir, esa entrega callada de ellos, los más sensibles y confiados.

Mientras tanto quienes debían protegerlos ya no estaban allí,

El capitán y su tripulación habían elegido salvarse dejando atrás a los que aun creían, a los que aun confiaban.

Así murieron. No gritaron, no luchando, sino esperando.

Doscientos cincuenta estudiantes cargados de sueños simples, una excursión, risas compartidas, la promesa de la isla Jeju fueron entregados al océano.

Y el mar que no juzga, ni miente, los tomo en silencio, no para ocultarlos, sino para inmortalizarlos.

Una vergüenza, falta de honor y conciencia, un capitán que abandona la embarcación y con él su equipo, pocos fueron quienes se quedaron para ayudar, no fueron suficientes y al final abandonaron el ferry y aquellos chicos obedeciendo ordenes esperaron su muerte en unos camarotes donde quedaron sueños y verdades.

 Respeto y obediencia que cambiaron por vacíos y esperanzas muertas. Enseñanzas de adultos que quedaron en evidencias falsas.

Decisiones fatídicas de personas mayores y personajes superiores, que se llevaron irresponsablemente jóvenes enseñados por ellos a obedecer, respetar y esperar.

Viendo esa tragedia desde lo místico, podemos señalar que hubo suspensión del tiempo, el barco tardó en hundirse como esperando lo correcto, pero la voz colectiva quedó atrapada con mensajes, llamadas, pensamientos y todo ello el mar como testigo silencioso, no como verdugo.

El mar no los eligió, actuaba lento, dio tiempo. El mar los recibió cuando el mundo los abandonó, ese mar los inmortalizó.

En ese abandono hubo quiebre moral, hubo traición al deber, el fracaso con los jóvenes quienes murieron por confiar en ellos.

Esa tragedia, no quedó allí. Toda la ciudad de Incheon exigió justicia, los culpables debían pagar sus culpas fueron muchas las malas decisiones desde el momento cuando por sus giros casi descontrolados hacia la derecha, comenzó la tragedia y a pesar del auxilio múltiple recibido tanto por mar, como por aire con helicópteros, fueron muchos los fallecidos y en su mayoría los estudiantes obedientes y respetuosos del High Schcool quienes acataron rígidamente la orden "de quedarse en su sitio."

Fueron muy irresponsables, traicionaron sus uniformes, los principios morales, las leyes de navegación, las propias leyes surcoreanas y en fin merecían todo el peso de la ley y después de tantas protestas, exigencias de los cientos de familias afectadas, fueron castigados.

Cadena perpetua para el capitán Lee Joon-Seok de 69 años, y varios años para los miembros de la tripulación.

La justicia humana llegó tarde, como casi siempre.

Hubo condenas, sentencias, palabras solemnes pronunciadas en salas cerradas.

El capitán con la justa sentencia de cadena perpetua, y otros que pagaron en distintos grados, por sus decisiones que no tenían perdón.

Pero ninguna sentencia devolvió el aire a aquellos camarotes. Ningún fallo judicial pudo desatar la espera que aun flota en el agua.

Los estudiantes del MV Sewol no murieron solo por un naufragio. Murieron por confiar, por obedecer, por creer que el mundo adulto cumpliría su promesa de cuidarlos.

Hoy no son cifras, ni titulares. Son memoria. Son nombres que el mar aprendió a pronunciar en el silencio. Allí en el fondo quieto, donde no llegan las excusas ni los discursos permanecen intactos, no como víctimas, sino como conciencia.

Porque el mar no los ocultó, el mar los guardó y mientras alguien recuerde su historia, mientras alguien se atreva a escribirla sin mentiras, esos chicos no habrán desaparecidos. Ese mar, ese océano, los inmortalizó.

Las Causas:

Cuando ya era tarde para esos chicos, cuando ya el mar los tenía bajo su custodia, cuando la sociedad y las autoridades fallaron, empezaron las culpas, los excusas, las acusaciones, y sin mucha rapidez mostraron las posibles causas, todas sin sentido a esas alturas de la tragedia, que a pesar de mostrarla como justificándose ante unas familias, profesores y compañeros, no fueron suficientes, jamás lo serían, pero igualmente fueron publicadas ratificando la falta de seriedad y responsabilidad de quienes tenían bajo su custodia a chicos no solos inocentes, sino considerados como una generación de relevo propia para la Corea del Sur progresista, económicamente estable y con grandes ilusiones en un futuro que les abría las puertas como repuesta al esfuerzo, seriedad y firmeza.

Allí, en medio de la vergüenza y pena frente a las familias adoloridas y mancilladas por la injusticia y verdad, dieron las causas de la tragedia, que lógicamente no fueron de la satisfacción de una nación, de un pueblo, de unos padres y profesores que jamás esperaban el abandono a sus hijos en unos camarotes donde por obediencia fueron tomados por un mar que dio tiempo a su rescate que jamás llegó.

Justificaron la irresponsabilidad, con:

Modificación ilegal del barco

Falta de estabilidad

Mala gestión

Rescate Lento e insuficiente

El Estado Fallo:

El capitán y tripulación abandonaron el barco

Las autoridades tardaron en llegar

Manipulación de la información

Al concluir ese informe ante la nación toda y en presencia de los padres, maestros, compañeros del colegio y demás miembros de la sociedad del pueblo de Incheon, comenzó la reacción popular, a nadie absolutamente aquel informe dio respuestas convincentes y sinceras.

Los 250 estudiantes, no era una cifra, es el dolor de una nación, la falsedad por ocultar una ineficiencia que estaba a la vista de todos, es guardar las apariencias de las autoridades navales, la vergüenza de un gobierno que no respondió con la urgencia y la gravedad de un naufragio que se llevó la esperanza de un pueblo, de familias y de autoridades del High School, que rompió el pacto entre adultos y jóvenes. Ese informe fue el símbolo del colapso de un sistema que debía no solo rendir cuentas, sino pagar las consecuencias de la desidia y falta de moral.

Definitivamente, en esa tragedia quedó de manifiesto:

La pérdida de valores humanos:

Responsabilidad

Coraje

Verdad

Sacrificio, los chicos eran prioridad

Sentido de Protección, a quienes obedecían.

Allí en ese mar que espero, que dio tiempo:

Hay mensajes que flotan entre la memoria y la mentira

El mar no los borró, los guardó del olvido

Los convirtió en presencia permanente, en conciencia

Cuando el mundo les falló a esos 250 jóvenes estudiantes, el mar los ocultó de la vida, pero los inmortalizó en la memoria, porque hay vidas que no regresan, pero tampoco se hunden en el olvido.

Esos chicos aún están ahí en cada familia, en cada casa, en las aulas que estando cerradas es precisamente darles memoria a todos, es por ellos y eso los mantiene presente en compañeros, profesores y nuevos chicos que ingresen. Siempre serán recordados, y siendo así, siguen vivos en conciencia y recuerdos.

El colegio Dan Won Hight School cerró sus puertas, pero no para siempre. Años después fue abierto como un homenaje a ellos, sus fotos, biografías, y demás recuerdos las colocaron por todo el plantel, aquellos chicos jamás serán olvidados, marcaron un antes y un después en la ciudad de Incheon.

La Dan Won Hight School, no volvió a ser el mismo.

LA MISMA HERIDA EN DISTINTAS AGUAS

EL TITANIC

Estos relatos, entre historias, ficción y misterio sobre tragedias en océanos, mares y lagos, no quedarían completos sin hacer referencia y hechos sobre el Titanic, el barco más famoso de la historia y en este nuevo escrito tal vez aportemos nuevos elementos y comparaciones con hechos también transcendentales que han marcado la historia de mares y tragedias.

El Titanic no fue solo un barco que se hundió, sino una certeza equivocada, ha sido la demostración de soberbia palpable, al confundir progreso con invulnerabilidad.

Al bautizarlo como el barco insumergible, firmaron el pacto con la soberbia. Creyeron que el dinero, el hierro y la técnica bastaba para domesticar el océano. Cuando el hielo rasgo el casco, todas esas pretensiones quedaron al desnudo. Un hielo macizo sí, pero hielo al fin que no debía afectar a aquella estructura que llenó de orgullo a sus fabricantes y de ilusiones y confianza a los miles de pasajeros que al inicio del accidente no creían que esa situación llegara al ápice de una tragedia que nunca estuvo entre sus preocupaciones y al final se convirtió entre la más grade de la historia.

Fue tanta la seguridad en su construcción que cuando el hielo en ese momento anunció lo impensable, no fue el pánico lo que reinó, sino la negación, un exceso de confianza y ese mar una vez más aguardó, no con furia, sino con paciencia antigua comparado con el Triángulo de las Bermudas.

No es el mar quien traiciona, es el ser humano que se abandona a sí mismo, en la soberbia al creerse invulnerable, en la confianza de un "nada sucederá" mucho menos por la rasgadura de un hielo, quedando al descubierto de tales pretensiones en tan poco tiempo de aquella travesía.

Esa misma seguridad en exceso, el creerse suficiente para dominar adversidades inclusive en ambientes desconocidos, ambiguos como el mar y el aire, fue protagonistas de tragedias aún más misteriosas en el llamado Triángulo de las Bermudas, donde el mar en esos extraños casos también aguardó, porque no es quien traiciona, se mantiene ahí, tranquilo, dando tiempo, a decisiones.

Esas tragedias, son la misma herida en distintas aguas, el Triángulo de las Bermudas no es un lugar, es una interrogante sin descifrar, un misterio que la humanidad no le ha conseguido explicación convincente.

Allí los barcos no siempre se hunden, solo dejan de estar, es como si el mar los borrara del mapa y los llevara a otra capa del tiempo.

Es por esa razón que se habla de magnetismo, de corrientes, de gases y también de portales.

Diferente teoría para la misma certeza de que el océano pertenece al hombre.

Mucho antes de que el Triángulo de las Bermudas se convirtiera en mito, el mar ya había dado su advertencia clara y no fue en una noche mágica, ni misteriosa, fue en una noche fría y despejada, cursando una ruta trazada de manera perfecta, era el barco más moderno: el Titanic.

Se hundió de manera impresionante, apenas alcanzó para sorprenderse, aquello no era posible, en su primer viaje se perdieron años de construcción, la tecnología más avanzada de la época, el lujo en una embarcación nunca vista, todo iría a reposar en un mar que en paz, sin olas que temer y a quien culpar, los espero, los sepultó y con ellos cientos de seres humanos que se fueron con su confianza, con la resistencia esperando una solución que no llegó, hasta lo último confiaban que ese pedazo de hielo haría lo imposible, lo increíble, los destruiría, la soberbia los sepultó.

Mientras el Titanic guarda y guarda y envuelve a las embarcaciones en la neblina de los inexplicable, el otro las enfrenta sin metáforas a la fragilidad humana.

En ambos casos el mensaje es el mismo: cuando el hombre se cree invencible, el mar les recuerda que solo es pasajero, transitorio.

El Titanic fue el final de una ilusión, la de un mundo que pensaba haber conquistado la naturaleza con acero y confianza en sí mismo y su alcance.

Después de esta tragedia que conmovió al mundo y sacudió las entrañas del hombre, el Titanic fue el final de una ilusión, la de un mundo que pensaba haber conquistado a la naturaleza con acero y confianza.

Después de esa tragedia ninguna otro barco, o nave, volvió a llamarse insumergible sin temor.

Por esa experiencia, cada barco que entra al Triángulo de las Bermudas carga también con la memoria, no solo con el miedo, sino con el recuerdo del instante cuando la humanidad entendió que el océano no castiga, que sigue siendo el mismo: antiguo, silencioso, eterno, que guarda las historias que no quieren ser olvidadas.

El Titanic, historia mil veces contada sin poder alterar nada de su final sorpresivo y trágico resultado, ha quedado como lección para la humanidad:

La Soberbia nunca tiene buenos resultados.

El Exceso de confianza, trae sus consecuencias.

La Naturaleza no será domesticada por el hombre

El mar se respeta en todos sus estados

La humildad salva vidas

La discriminación social es injusticia

Mujeres y niños siempre son prioridad

EN ESA NOCHE SOMBRIA

Todos conocemos lo sucedido ese abril de 1912, pero hay situaciones que poco se resalta, como tratando de ocultar un tanto la soberbia de quienes se creían y así lo expresaban, que el Titanic estaba por encima de todo, mientras un mar escuchaba silencioso callado, esperando reacciones y acciones, sin alterarse para no recibir las culpas, eran palabras humanas con sus consecuencias, el solo está allí, impávido, en su tiempo.

Sin embargo, hay datos que pocos resaltan, ¿los obvian por algún motivo? Eso quedó en la conciencia tanto de quienes salvaron sus vidas al no estar en la lista del umbral que los esperaba, como de quienes si llegaron a él tal vez sin ser llamados.

De esos datos podemos señalar algunos, suministrados por aquellos que siguieron en este plano, que vivieron la angustia y desesperación en momentos tan apremiantes contribuyendo un poco más para entender causas y efectos de una tragedia, que algunos místicos y voces agoreras, predijeron sin ser considerados por los escépticos cargados de seguridad y confianza:

 Erick Frank Printes, sobreviviente señaló tiempo después que el iceberg no chocó de frente, roso por debajo la línea de flotación, el daño no fue visible. Para cuando se descubrió era muy tarde, el agua comenzó a entrar lentamente, pero a medida que lo hacía perforaba más hasta colapsar.

El mar dio tiempo, esperó y trabajó lentamente, pero la reacción no llegaba y se pasó de la pasividad a la agresividad.

Los botes salvavidas eran solo 20, insuficientes para el número de pasajeros.

Los primeros botes con muy pocos pasajeros, se temía no soportarían tanto peso.

A las 12.18 a.m. se apagaron las luces, la desesperación de los pasajeros fue manifiesta y es en ese momento cuando entendieron la gravedad de la situación siendo demasiado tarde para subir todos a los escasos botes de salvación siendo una de las fallas del muy poderoso barco.

Entonces lo supieron, no porque alguien lo gritara sino porque el miedo empezó a correr más rápido que el agua

Los botes no alcanzaban, no era un rumor, era sencillamente la matemática cruel que se veía en los rostros, en los ojos que buscaban salida, donde ya no la había.

El agua entraba como una lengua oscura, fría, decidida, subieron escalón, por escalón, apropiándose del gigante que se creyó invencible.

El Titanic ese coloso orgulloso comenzó a gemir desde sus entrañas.

No era un crujido, era más como un lamento.

Las risas se apagaron, luego la certeza y seguridad y luego la noción del tiempo.

Algunos pasajeros quedaron inmóviles como si el alma se le hubiera adelantado al cuerpo. Otros corrieron sin rumbo, inspirados por una desesperación que no gritaba, sino que temblaba.

Las madres abrazaban más fuertes, los amantes se miraban con intensidad como si quisieran quedarse hasta la eternidad, sabían su final.

Y el mar, solo escuchaba, no irrumpía con furia todavía entraba con calma terrible como quien sabe que ya ha ganado: no hay regreso.

Y sin embargo en medio del pánico algo extraño ocurrió cuando los gritos parecían desgarrar la noche y el agua avanzaba como bestia sin rostro, se produjo un silencio inesperado: no fue un silencio total sino uno más profundo un recogimiento del alma. Algunos pasajeros dejaron de correr. Se quedaron quietos mirando el mar como si de pronto comprendieron algo que no podían decirse en voz alta, les había llegado su momento.

Fue entonces cuando el océano pareció responder no con violencia, sino con una presencia distinta casi consiente.

Las olas ya no rugían, respiraban. El frio seguía siendo mortal pero el miedo en ciertos rostros cedió su lugar a una extraña serenidad. Todos se abrazaron con calma y resignación como una entrega, los hombres ofrecieron sus abrigos a los otros, fue una resignación colectiva.

Algo invisible cubrió la cubierta, la certeza de que aquel no era solo un naufragio, sino el umbral donde ya habían llegado.

Era el fin de una pequeña travesía que tenía como misión atravesar el océano llegar al norte, pero que lamentablemente tan solo navegó unas horas para entregarse ese mar que no tomaron con la seriedad y respeto, y con él, a todos los pasajeros unos y otros, los del comedor y camarotes de lujo con quienes ocupaban los lugares con gran modestia e incomodidad, la clase social quedo anulada.

El mar no distingue, iguala, no da prioridad solo actúa, no pierde lo que nunca ha tenido: preferencia.

El mar no fue el culpable, fue el testigo.

El mar no atacó, el mar los recibió.

El mar no pertenece a un pasado, está en cada época que cree tenerlo todo.

EL FATIDICO NUMERO 200

Hemos considerado hacer un comentario en sentido místico, sobre el número sorpresivo y fatídico número 200, considerando que en la mayoría de los naufragios la cantidad de pasajeros fallecidos giran sobre ese número: 230, 250, 280, incluso en el Titanic fueron 1.200.

Si nos remitimos al plano místico podemos señalar que los números redondos no son inocentes, el 200 no es solo una cantidad, es masa humana, es colectivo, es multitud anónima.

El 2 es dualidad, vida-muerte, materia-espíritu. Los ceros amplifican, no añaden, abren. Son círculos, portales vacíos.

Así el 200 no es suma, es tránsito. No representa individuos aislados, sino un grupo que cruzan juntos como un solo cuerpo.

Desde una mirada mística es como si la nave no soportara tanto peso invisible, no de metal, sino de destino. No es que le agraden los 200 pasajeros, sino qué a partir de esa cifra, el viaje deja de ser individual y se vuelve ritual.

Ya no es transporte, es pasaje hacia algo desconocido.

Tal vez no desaparecen personas, sino historias que el mar decide guardar.

El mar decidió inmortalizarlos, era su momento para ellos.

Llama la atención que esas tragedias repitan alrededor del número 200 ¿es casualidad estadística? ¿Es límite técnico? ¿O representa un determinado umbral a partir del cual el viaje deja de pertenecer al mundo de los vivos y entra en la memoria del mar?

Así entonces el número 200 no es místico, tampoco científico, es ambos.

El número 12, lo han tomado civilizaciones antiguas para medir el tiempo, el cielo y el destino, algo como un cierre:

12 los meses de un año

12 los apóstoles

12 ciclos lunares

12 signos del zodíaco

12 constelaciones principales

12 horas de día

12 horas de noche

Es decir, el 12 les representa un ciclo completo. Cuando algo llega a 12 se cierra un giro.

El 12 no es un numero religioso, es un número cósmico. Marca el momento exacto cuando un ciclo se completa y ya no puede seguir igual.

El 12 representa:

La totalidad de las perspectivas

La idea de que todo ha sido visto

Que ya no queda ángulo sin revelar

Por eso, 12 apóstoles no para fundar una iglesia, sino para mirar al mundo desde todos los puntos posibles.

12 jueces

12 tribus

12 pruebas del héroe en la estructura mítica.

El 200 en cambio es masa, cantidad, multitud anónima. El 12 es estructura, orden, sentido. Por lo tanto, el 200 habla de exceso, del número que abruma. El 12 en cambio es el número que ordena el caos.

Entendiéndolo así en el mundo místico, el mar solo seleccionó en los diversos casos. Sobregiraron el 12, número de cierre.

Después del 12 viene el 13 que significa ruptura, muerte simbólica, transformación, viene el cambio de estado, por eso el 12 aparece siempre antes de una revelación. El 12 es la última cifra antes del abismo, después de él, nada permanece intacto, vienen cambios no siempre para bien.

Cuando el 12 se cumple, el alma ya ha sido vista por completo, lo que viene después no es número, es destino.

En conclusión, desde lo místico, el Titanic y esas otras embarcaciones con tragedias, superaron los límites del soporte, el mar hizo lo suyo, se llevó los destinos cumplidos.

Porque el Titanic no se hundió solo en el océano, se hundió también en una cifra que repite como señal obstinada alrededor de 200 vidas

No es medida casual, sino ritual, el 200 no es multitud, ni soledad. Si el 2 es la dualidad: vida-muerte, arriba y abajo, el 100 es la totalidad multiplicada, el 200 es el cruce cuando se deja de ser individualidad y se convierte en símbolo.

Lo del Titanic fue anunciado, como 1.200 muertos, el 12 el número de la estructura invisible del mundo: 12 apóstoles,

12 signos, 12 costillas protegiendo el corazón y los pulmones.

La historia parece plegada a hechos antiguos y repitiera la lección en otro tono.

Siempre en el mar, donde la conciencia supera a la ciencia.

El océano absorbe memoria en ciertas zonas como en el Triángulo de las Bermudas donde parece cambiar millas, alterar las brújulas y con ello los relatos.

El Triángulo de las Bermudas no es un lugar definido, sino un estado, un punto donde el tiempo se pliega y las cifras se repiten como claves antiguas.

Deja de ser estadística y se vuelve lenguaje.

Sus relatos aun sin terminar de comprender, seguimos entrando en esos umbrales creyendo dominar el mar y los océanos.

Esos casos han sido tan misteriosos que nunca sus cadáveres aparecieron, tampoco fueron rescatados, ni flotaron. Sencillamente se desaparecieron.

Da la impresión qué el océano no acepta el intercambio habitual entre la vida y la muerte, ese pacto antiguo que permite al menos el duelo.

Ni el Titanic con los avances tecnológicos y la ayuda recibida, fueron muy pocos los rescatados de la profundidad del océano.

Esos cuerpos quedaron sueltos en la inmensidad, absorbidos por las corrientes, la profundidad y el silencio.

El mar no los devolvió y cuando ese sucede el relato cambiar.

Sin cuerpos no hay cierre, sin cuerpo la muerte se vuelve estado, no un hecho. Los nombres quedan suspendidos, los familiares en una espera que no termina y la historia entra en una zona borrosa donde la ciencia explica, pero no consuela.

En las regiones donde esas desapariciones se concentran: mar abierto, en zonas de corrientes violentas, en casos como el Triángulo de las Bermudas, el océano parece comportarse como un umbral, más que como una tumba. No guarda restos, guarda tránsito. No conserva materia, conserva memoria.

Tal vez esas memorias siguen décadas después no porque falten respuestas técnicas, sino porque falta lo más importante: la devolución.

El mar al no devolver los cuerpos se queda también con una parte del sentido y los desaparecidos no descansan ni en el fondo, ni en la superficie, aparece en un lugar que no aparece en el mapa, pero que la intuición humana reconoce siempre.

EL UMBRAL

Hasta aquí los hechos.

Nombres, historias, fechas, coordenadas, barcos reales, cuerpos reales, silencios documentados, el mar como escenario y como juez.

Todo lo narrado pertenece al territorio de la historia, esa que se escribe con archivos, testimonios y ausencias.

Pero el océano no guarda solo lo que ocurrió, guarda también lo que pudo ser explicado.

Hay un punto invisible en los mapas oficiales donde la razón se queda sin palabras, un lugar donde la brújula duda, el tiempo se pliega y la memoria se comporta como la marea.

A ese espacio se le llamo Triangulo de las Bermudas algunos lo redujeron a corrientes, gases o errores humanos. Otros intuyeron que el mar no solo traga, sino que abre.

Este libro cruza ahora esa línea.

Lo que sigue no pretende reemplazar la verdad histórica sino dialogar con ella.

¿Es ficción? Si, pero nace de una pregunta legitima ¿Y si todos los barcos se perdieron? Y ¿si algunos quedaron suspendidos en un intervalo, atrapados entre el antes y el después?

A partir de aquí el relato abandona el registro de la crónica y entre en el territorio del umbral. El crucero que aparece en las próximas paginas no figura en ningún archivo, pero carga con todas las historias. No naufraga del todo. No avanza. Queda detenido como si el mar le hubiera pedido cuentas. Así comienza esta otra travesía.

El libro no cierra, transciende...

NIEBLA EN EL OCEANO

El océano lo cubría todo, era un espejo inmenso, casi infinito, donde las luces de aquel impresionante crucero se reflejaban como un espejismo maravilloso en medio de la nada.

Para algunos pasajeros era el inicio de unas vacaciones soñadas, donde el brindis con champaña, los trajes de gala y una noche de música, los envolvía en momentos de sueños, mientras para otros aquello era un escape, un secreto, tal vez una huida, pero nadie podía adivinar que ese no sería el viaje que soñaban, que aquel derroche y lujo, era una fachada de algo más oscuro.

En alta mar entre el misterio de las olas, en esos rostros sonrientes se esconden verdades que saldrán a flote y toda aquella felicidad a flor de piel dará paso a hechos extraños, inesperados que despertará en cada uno de ellos, el miedo, la incertidumbre y el misterio.

Un crucero sobre aquel hermoso océano cubierto por la niebla escenario de días inesperados, acciones impredecibles y resultados que serán el testimonio de un cúmulo de consecuencias.

La noche inaugural del crucero "Flor Tropical" fue un espectáculo deslumbrante. Las mesas vestidas de lujo decoradas con velas largas, candelabros dorados reflejados en el techo plateado mientras la orquesta interpretada los mejores jazz con sus notas vibrantes resaltando la categoría del crucero con mayor lujo y valor de esa región caribeña la consentida para un paseo como el prometido por los anfitriones de tan paradisíaca travesía.

Los pasajeros bailaban, brindaban, se observaban entre sí, buscando reconocerse con una curiosidad que presentía que no todo será entre bambalinas, música y alegría, algo hubo esa noche en el ambiente, tal vez la espesa neblina que impedía inclusive observar la espectacular luna llena algo rojiza, como anunciando días entre sangre, muerte y el gran misterio que los mantendría en cautiverio por esas aguas del hermoso caribe latino

Ese escenario no está aún registrado en las mentes de quienes están en el tope de la diversión, el lujo de la champaña derramada en copas y manteles propios del momento inaugural donde no se escatimaron en nada, todo a manos llenas, se trataba del Crucero Flor Tropical, no de cualquier embarcación, era en ese momento el más exclusivo en todo los aspectos y sentidos, de allí el revuelo que causará en unas horas con hechos tan bajos y alejados de la elite social del profundo Caribe.

Llegó el momento de la bienvenida de parte del capitán, Gerardo Lamberto, un gentil caballero italiano, experto en cruceros, conocedor de las aguas del caribe. Levantando su copa dio formalmente la bienvenida a los numerosos viajeros, quienes ufanos ante tanta euforia y disfrute, pasaron inadvertido que una de las cabinas permanecía cerrada. Nadie lo notó, la euforia del momento mantuvo ofuscados a los nobles e importantes pasajeros.

Toda la noche hasta bien entrada la madrugada, el crucero Flor Tropical fue un escenario de derroche, del multimillonario recorrido por los paisajes míticos, primitivos e histórico de un Caribe envuelto siempre en cuentos, mitos, tradiciones y misterios de culturas que traspasaron sus ritos y creencias a quienes buscando lo inesperado se atrevieron a retarlos con los no esperados resultados.

Por ese mar cargado de historias, navegaban entre risas, bailes, licor y romances que nacen de la nada, de un contacto, una mirada, convirtiendo aquel festín en un embrujo misterioso.

Quienes entendieron que todo aquello que sucedía traspasaba los sentidos de la comprensión y la razón huyeron hacia sus camarotes, el límite fue rebasado a su raciocinio.

No compartieron más refugiándose en sus propias creencias a la espera del amanecer y con la claridad del potente sol tropical regrese la cordura, la razón.

Esas primeras horas de la mañana todo fue silencio, la fragancia a mar en horas de la noche, fue alterado por el olor a licor rancio, a sexo desbocado, a locura total.

¿Qué sucedió? ¿sortilegio caribeño? ¿magia desconocida? Algo cambio el "Flor Tropical" el crucero de la élite esa mañana navegaba en una atmosfera pesada, misteriosa, está envuelto en niebla espesa, casi a la deriva sin dirección, aumentando el peso de un ambiente alejado del frescor y naturaleza del Caribe.

En un crucero con cientos de pasajeros, divididos en clases sociales tan marcadas, es de esperar costumbres, sentimientos y conductas enfrentadas, inclusive sentimientos de empatía, agrado y confraternidad.

Las consecuencias no tardaron en aparecer, el festín de la noche chocó de frente con una clase social media que los calificó de inmorales, irrespetuosos e indecentes exigiendo a la tripulación más seriedad, mantener la moral y decencia con los cientos de pasajeros que merecen y exigen consideración y respeto.

Después de la gran fiesta del inicio de la aventura denominada como "Sendero Iluminado", donde según la programación a cumplir en esos 45 días por el hermoso Océano Pacífico conocerían islas paradisiacas, playas mágicas por su hermosura, pueblos encantadores con una naturaleza propia del trópico, siempre en verano, sería la travesía más esplendida ofrecida a quienes forman parte de ese recorrido casi místico, que en su momento penetrará en el mar Caribe ofreciendo grandes sorpresas.

Esos pasajeros de la elite, no entendía el ¿por qué? de un nombre tan misterioso como "Sendero Luminoso". Están en los cierto, ese nombre guarda algo místico, especial, si se quiere esotérico.

EL CAMAROTE 639

Permanecía cerrado, el incognito pasajero, nadie lo ha visto, ¿es hombre o mujer? Sembró en algunos un extraño temor, un presentimiento no muy positivo, algo oscuro temían, han pasado los días, y nada se sabe de él o ella, aquello pasó primero a la duda, luego a las preguntas sin repuestas y finalmente a la indiferencia del capitán Lamberto, los ánimos se calmaron, llegó el olvido, la indiferencia.

 Es el camarote 639, cerrado siempre, solo se siente el aroma a incienso todas las noches como testimonio de ser habitado por alguna persona especial, todos distraídos entre tantas actividades, muchas repartidas por sectores: música, deportes, karaoke, gimnasios, discotecas, piscinas, concurso de baile, y demás permite a esos cientos de turistas disfrutar a lo grande cada día, cada instante, es esa la idea, el fin de aquel recorrido por el océano Pacífico y el Mar Caribe, propios para llenar las expectativas de quienes han cancelado una alta cantidad de dinero para olvidarse por unos días de lo cotidiano, de lo económico, de lo político buscando relajarse, llenarse de nuevas energías y en eso pasaron los primeros días, desconociendo la verdadera travesía que realizaría el lujoso crucero "Flor Tropical" cumpliendo con el propósito de aquel paseo "Sendero Iluminado".

¿Quién era el ocupante del camarote 639? Nadie lo conocía, el propio capitán Gerardo Lamberto se preguntó, recibiendo como repuesta, "olvídese de él", solo atiéndalo, son órdenes superiores, que nada le falte".

Así exactamente fue, en esos primeros 10 días, el ocupante 639 fue atendido por el mismo personal, le asignaron a la joven Maribel Vidal, de unos 22 años, hermosa, rubia, de origen alemán, domina 3 idiomas el inglés, español y alemán. Junto a ella para el turno de la noche su hermano Aroldo Vidal de 31 años.

El resto de los turistas, se divertían a lo grande aquel crucero era maravilloso sobre un océano calmado, la neblina que lo colmaba en horas de la noche no gozaron de importancia para todos ellos, formó parte de las distracciones de aquel recorrido que a pesar de la alegría y atenciones del personal del crucero, a las 9 de la noche siempre se sentía como un ambiente fuera de lo normal, ocurría por escasos minutos de allí que con el paso de los días perdió interés y cada quien en lo suyo, pasándola de la mejor manera.

Tan solo una chica Angélica Montero prestaba atención a ese momento, siempre ocurría a las 9 exactamente hasta las 9,18, no es normal, pensaba la joven con conocimientos místicos, sobre dimensiones y portales, por años ha estudiado esas rarezas del mundo, de la humanidad siendo pocos quienes le dan importancia, ella sí, y aquel camarote 639 demasiado misterioso, algo no está bien, algo presiente y no es de felicidad, intuye que ese nombre "Sendero Iluminado" encierra algo más que palabras sacadas de un poema.

Angélica razona que en el camarote 639 está encerrado el misterio de ese crucero, que cruza el Pacífico con total calma, demasiada calma para ser uno de los océanos más misteriosos, calma que tan solo se ve alterada por el bullicio, algarabía y alegría expresada en risas, cantos y bailes de sus pasajeros.

Ese número 639 no es casual, basta conocer sus significados para deducir que allí hay mucho más que un pasajero extraño, solitario.

Angélica recuerda, que el numero 6 significa lo humano, lo material. El número 3 significa lo divino y la creación, en tanto que el 9 es lo espiritual, cierre de ciclo. Finalmente, que el número total: 639 es un código prohibido y se ha utilizado por místicos, paranormales, psíquicos e inclusive científicos como Nicolás Tesla quien en sus tiempos revolucionó con sus inventos mucho más allá del alcance de sus colegas del momento como el uso dado a los materiales disponibles para esa época.

De tal manera, que es todo un reto despejar el misterio del camarote 639 estando segura esa chica curiosa que será toda una revelación dar con el personaje que allí se aloja, con la seguridad que será una sorpresa para todos incluyéndose.

Dará tiempo al tiempo, el paseo en tan elegante y lujoso crucero será de 45 días, lo suficiente para despejar el misterio, ¿quién es el interesante e incognito pasajero?

Mientras Angélica tiene en sus manos libros místicos que lee delante de todos frente a la piscina, sus compañeros de viaje se divierten a lo grande, son muchas las diversiones que se ofrecen y se leen en el catálogo de la travesía por el océano Pacífico y el Mar Caribe "Sendero Luminoso" nombre apropiado, extraño, pero apropiado.

Sentados a un lado de Angélica están los esposos Linares, Esther y Humberto, inician una conversación sobre el interesante libro que ella lee, "El Tribunal de las Almas", ella explica que la temática es sobre el juicio que realizan a las almas de las personas fallecidas, dependiendo de su labor reciben castigo o pena.

Oiga, le dice Esther, tú también ves extraño el camarote 639, todos lo comentan. Claro, responde Angélica ¿por qué creen ustedes que leo sobre misterio y misticismo? Allí hay un oscuro caso y creo nos impresionará.

¿Tú crees?

Claro, por cierto, soy Angélica Pérez.

Nosotros los Linares, yo Esther y mi esposo Humberto.

¿Tú crees en lo místico?

Claro, responde la chica, ¿ustedes no?

No, nada sabemos, nada entendemos, así que no creemos mucho en esas cosas espirituales.

Les aconsejo, lean un poco, aquí hay una biblioteca, creo que ese camarote 639, tiene su misterio es la única explicación tanto secretismo, olor a incienso a la misma hora, 9 de la noche exactamente hasta las 9,18. Misterio, amiga, hay un misterio.

Angélica, por favor no nos asustes.

Por si acaso, estemos preparados, estén ustedes también, el misticismo no es nada fantasmal, solo es la realidad más allá de este plano físico.

Esther y Humberto se miran con cara de temor, ellos también han sentido un ambiente extraño en el crucero, por eso le preguntaron a la joven Angélica sobre su opinión sobre el raro camarote cerrado siempre, pero con alguien adentro.

Angélica con su carácter juvenil, sincero, expresa que ella nada teme, nada debe, en tanto Esther se hizo la señal de la cruz, y miro con preocupación a su esposo.

Allí terminaron la conversación, se despiden no sin antes Angélica ponerse a la orden para cualquier necesidad o preocupación que tengan, su camarote es el 945.

Esther con cara de alegría, el nuestro es el 947 estamos en el camarote del frente, somos vecinos allí también estamos a la orden.

Se despiden con besos en la mejilla y con cara de alivio, ya tienen una amiga dice Esther a Humberto.

El rumor sobre el "misterioso camarote 639" se corrió por todo el crucero entre los cientos de pasajeros, había toda clase de personas: cristianas, ateas, protestantes, judías, árabes. Chinos, americanos, latinos, en fin, una variedad inmensa de razas, colores y creencias quienes se verán sometidos a prueba de su propia fe, y fortaleza espiritual, aquel crucero es un recorrido por sus vidas, por sus acciones y allí en el camarote 639 se esconden testimonios, pruebas, juicios y decisiones.

EL CRUCERO DE CULPAS E HISTORIAS

El "Flor Tropical" no es un crucero normal, no es lo que todos creen, con el correr de las horas entraran en su realidad, en la verdad que se oculta y que ocultan muchos de esos exclusivos pasajeros.

Al contrario de lo sucedido a cruceros anteriores, a viajes aéreos normales, este crucero con toda la intención, cómo es su plan y convertido en un tribunal de penas por pagar, entrará en unos minutos al temido Triángulo de las Bermudas iniciando así la verdadera misión de un "sendero iluminado".

Unos en las diferentes piscinas que se ofrecen pasan la tarde aprovechando el radiante sol para lograr en la piel el color caribeño, los casinos están a reventar, son muchas las apuestas, los perdedores y ganadores, hay para todos, los bares o cantinas con sus karaokes divierten a grandes y chicos, pocos son los que asisten a las salas de cine, pero igual cuenta con un número respetable de visitantes.

Todo está servido para dar inicio al espectáculo que nadie espera y pocos disfrutarán, será un final de aventuras interesante.

Angélica la chica que parece ser la única que observa que aquel crucero no es normal, que algo extraño se siente comenzando con el misterio del camarote 639, luego la actitud del capitán Gerardo Lamberto, su mirada algo dice, es una incógnita, o es ella sola ¿quién le percibe así? La realidad es que cuando pase lo que sucederá en unos minutos, ella no se sorprenderá tanto como así será en el resto de esos pasajeros totalmente distraídos aprovechando a lo máximo el costoso viaje que apenas se inicia.

Ella, Angélica, curiosa y perspicaz busca conversación con el capital Gerardo Lamberto, un hombre de 1.78 de alto, blanco, de ojos castaños, pelo igualmente castaño y vestido muy elegante como máxima autoridad del crucero, al verla entrar a la cabina, se sorprende, pero ella por su belleza juvenil, agrada a todos solo con mirarla, la saluda dándole la bienvenida, se saludan con apretón de manos.

Solo deseaba conocer esta parte del crucero, nunca he visto uno en persona, solo en películas, o tarjetas. Habla mientras con la mirada recorre cada espacio del bello lugar de donde dominan y manejan el inmenso crucero.

El capitán Lamberto, la invita a un café, le ofrece una silla e inicia la amena conversación, ella le señala a una de sus preguntas, que viene sola, sus padres y hermanos la esperan en uno de los puertos donde llegaran en Puerto Rico, que su viaje es sencillamente de paseo, sin motivo especial alguno, que es su deseo pasear en tan espectacular crucero y sus padres cancelaron el pasaje como premio por su graduación como periodista, carrera que siempre anhelaba desde pequeña.

Por su parte el capitán, se mostró muy complacido de estar al frente de ese viaje por unos 45 días, que siempre son misteriosos, interesantes, esas palabras llamaron la atención de la chica visitante, lo miró con más énfasis y sí, ese capitán tiene algo de especial.

Sus pensamientos los interrumpió para presentarle a su asistente, el cabo Joaquín Aguilar, chico de unos 28 años, rubio de ojos azules, no tan alto, todo un estadounidense.

Muy amable sonríe, forma parte de la conversación con la visita inesperada, explicando que en unos minutos entrarán a las aguas más profundas del océano, es toda una aventura le dice con aires de picardía a esa joven que sinceramente no se inmutó, pero en su mente continúa sumando datos que la llevan a pensar que la realidad de ese crucero sigue envuelto en un misterio, en algo con lo que no cuentan los pasajeros.

"Aquí pasa algo", se dice y mantiene la conversación, ¿Por qué dices eso? ¿hay alguna sorpresa agradable para todos?

No, sencillamente que todo momento en un océano tan hermoso como este siempre hay milagros, sorpresas, delfines que aparecen de la nada, ballenas pacificas que nos rodean, en fin, el mar y sus misterios.

Ambos sonríen, pero cada uno con sus pensamientos muy diferentes. Interviene el capitán señalando "no nos ha dado su nombre joven periodista", mirando a su visita.

Angélica, perdón que descuidada he sido, Angélica Pérez, ocupando el camarote 945, responde con la mayor amabilidad.

Su padre ¿será el señor Adán Pérez, el dueño de Seguros Bolívar? No, responde la chica, ese es mi tío, mi padre es dueño de la Joyería del Sur, Nelson Pérez.

Sonríen, más por educación que por simpatía, aquellas preguntas personales no le agradaron a Angélica, quien se levanta rápidamente de la silla, extiende la mano y se despide de ambos caballeros, responsables del éxito en la travesía del crucero por el océano.

Ha sido suficiente para Angélica ese primer día de la travesía, se retira a su camarote, desea saber de su familia, darse una ducha y descansar viendo una película romántica como a ella le agradan, y con un final feliz,

Terminando de ver su película "Una aventura en Marruecos" con el final que a ella le gusta, con aquello de "fueron felices para siempre" con el beso que se dan Catherine y Owen al reencontrarse, sonriente por tan bello momento, comienza a escuchar una algarabía fuera del camarote.

Le tocan la puerta de una manera intensa, la llaman Angélica, Angélica, le grita una voz conocida, es la nueva amiga, la vecina del camarote 947, Esther y su esposo Humberto, al verlos por el mirador de la puerta, les abre.

Allí están, con cara de espanto, "Angélica estamos perdidos, solo se ve neblina, estamos rodeados de neblina sin saber qué dirección tomó el crucero, dice casi a gritos la buena señora, su vecina.

¿Cómo así? Le responde la joven periodista. ¿Qué ha pasado?

El capitán no nos da una clara explicación, que pronto saldremos de esa neblina, pero ya tenemos casi dos horas y el crucero no se mueve, no se mueve, le repite con tanto énfasis, que Angélica, la toma de la mano y corren por el pasillo para reunirse con el resto de los pasajeros, por lo menos con los de ese lado del inmenso barco, o crucero, igual son naves acuáticas, dice el señor Castillo, esposo de Esther.

Llegan al grupo, hay más de 100 personas allí, todas caras desconocidas, son muchos para conocerlos en tan poco tiempo.

La algarabía, los gritos, los llantos van en aumento, están varados en medio de la más espesa neblina que el Capitán Lamberto ha visto en toda su experiencia como capitán de un navío.

No sé, no sé, que sucede, dice a quienes acudieron a la cabina para conocer la situación, las máquinas están en perfectas condiciones, no entendemos, nadie responde a nuestro llamado de auxilio, nadie sabe explicarnos que sucede, hemos consultados a ingenieros, técnicos y mecánicos que están aquí como pasajeros y no saben explicar ¿qué pasa? ¿Por qué el crucero no se puede mover?

Tomen esto con calma, les agrega, estamos todos bien, el crucero no ha sufrido daño alguno, tenemos que dar tiempo, esa neblina no puede estar allí por mucho tiempo, vamos a esperar con paciencia.

Cada uno a su camarote, ya les avisaremos algún cambio, les decía un capitán que, para ser sinceros, ha tomado a esa neblina demasiada espesa, como algo natural, o tal vez, como si ya lo sabía y la estaba esperando.

Angélica y Esther en compañía de Humberto, su esposo, se unieron para apoyarse, deciden pasar la noche en el camarote 945, el de la chica.

Pasa una noche, llega el día siguiente, todo igual, la neblina allí sobre el océano y el crucero sin moverse aumenta la incertidumbre, las molestias y el temor hace meya en algunas personas quienes sienten revivir días pasados, que habían desaparecido de la memoria y ahora en medio de esa situación vuelven a sus recuerdos, a sus vidas.

¿Coincidencias? ¿Por qué recordar? ¿Por qué en esos momentos? ¿Temen algo que dejaron en el pasado? ¿Qué relación tiene con la situación de la niebla en el océano?

Así están varias personas, algunas parejas, algunas familias. ¿Por qué ahora, por qué, que pasa?

TRIANGULO DE LAS BERMUDAS

En medio de ese temor, se miran unos con otros, en realidad tienen mucho miedo, penas que ocultar y cuando están en su momento más fuerte de ese raro presentimiento, el capitán Gerardo Lamberto, les anuncia la peor e inesperada noticia en esos momentos. "El Crucero ha caído en el Triángulo de las Bermudas".

Los gritos de terror de mujeres y hombres se escucharon hasta más allá del infinito, es el fin, del Triángulo de las Bermudas nadie sale, allí mueren, allí se quedan.

Angélica y Esther se abrazan, lloran. Todas las personas allí en los salones, en los pasillos del crucero, se abrazan, no se conocen, no saben quiénes son, pero se abrazan, buscan apoyo, es solidaridad humana, son momentos muy delicados, tal vez el fin y lo peor, allí nadie sabrá de ellos, es como estar en un purgatorio pero que los llevará al infierno sin posibilidad de un cielo, allí eso no ha existido, ni existirá.

Aquellas algarabías, risas, cantos, bailes, gritos de felicidad en el casino terminaron, lo cambiaron por llantos, quejas, tristezas, desmayos, depresión, estados de ansiedad. Una locura. El Flor Tropical, es una inmensa sala de duelo.

El asistente del capitán Lamberto, el cabo Joaquín Aguilar, tratando de ayudar y levantar un poco el ánimo, les dice que en la Biblioteca del crucero debe haber literatura sobre el Triángulo de las Bermudas y tal vez se consiga la manera de salir de allí, deben conocer todo lo investigado sobre ese fenómeno que a todos atemoriza desde hace siglos.

Para no hacer nada y permanecer inertes, sin gestionar alguna forma para sobrevivir, aceptan, es el señor Humberto Linares, esposo de Esther, quien se ofrece a acompañarlo.

Exactamente en el crucero hay una completa biblioteca con textos de todos los géneros, contenidos, en varios idiomas.

Han buscado durante una hora y nada aparece relacionado al Triángulo de las Bermudas.

Tal vez no han buscado en los sitios adecuados. En alguna parte estará, siguen, insisten. Al intentar regresar ya cansados, al cabo Joaquín se le ocurre buscar en la sección de archivos desechados y efectivamente en una pequeña gaveta una carpeta naranja ven el título: Triángulo de las Bermudas.

Eureka, dice Joaquín, no hay mucha información, pero aclara algo. Reunidos todos en el gran salón donde presentaban obras de teatro y allí el señor Linares lee a todos ellos.

El texto en esa carpeta es de Wikipedia:

El Triángulo de las Bermudas es un área geográfica con forma de triangulo situada en el océano Atlántico, entre las Bermudas, Puerto Rico y Miami.

En el Triángulo de las Bermudas, ocurren misteriosas desapariciones de barcos y aviones, atribuidas a fenómenos naturales como tormentas, olas gigantes y corrientes marítimas, o a errores humanos.

Aunque se han propuesto explicaciones científicas como las burbujas de gas metano, el consenso es que la región no es más peligrosa que otras áreas oceánicas transitadas y las apariciones de estos incidentes se deben a una combinación de factores naturales y la falibilidad humana, según la Administración National Oceánica y Atmosférica.

Eso es todo lo que dice ese pedazo de texto, que en nada les sirve a esas personas desesperadas, están atrapadas, no ven salida, allí morirán en ese crucero que les ofreció un recorrido paradisiaco, por las más bellas y mejores playas, pueblos y lugares turístico, todo un desechado de diversiones en esos 45 días pagados por adelantados.

Esa primera noche inmiscuidos en ese trágico destino, el olor a incienso invadió a todo el crucero, nadie quedó en sus camarotes, querían darse fuerza, apoyo, uno con el otro, el temor aumentaba, necesitaban ese calor humano para soportar el inesperado destino, el sorpresivo momento por el cual pasaban.

Blancos, morenos, orientales, occidentales, todo se olvidaron de sus raíces, lo real los une, aquel aroma de incienso aumentaba en cada segundo, ignoraban el motivo, el significado, el propósito, pero ahí está, ese olor que los hace temblar, esperan por alguna manifestación, en tanto el camarote número 639, con su personaje incognito nada mostraba, ningún cambio aumentando la incertidumbre y el temor entre los cientos de pasajeros que se aglomeran con el pasar de los minutos en frente de la cabina del capitán, exigiendo alguna explicación del capitán Gerardo Lamberto quien al igual que ellos, nada entendía, nada sospechaba, ninguna explicación que dar.

Afuera del crucero, la neblina aumentaba, cada vez más espesa, nada se ve hacia el horizonte por los cuatros lados de la hermosa embarcación tan solo observan el manto gris que los cubre, que los atemoriza haciendo efectos en la salud de muchos de ellos con baja de la tensión, dolor de cabeza, dolor de estómago, algunos desmayos en personas mayores imprimiendo en ellos un temor más allá de lo soportable.

El Flor Tropical ha quedado en manos de lo desconocido, fuera de la capacidad del raciocinio humano, explicación no hay, reacción tampoco, aumentando el desespero, la desconfianza, a pasos de caer en pánico con sus consecuencias impredecibles.

La fragancia a incienso va aumentando, alguna relación existe entre el estado de impacto causado y el temor en ellos los viajeros con ese olor que se hace insoportable.

Angélica, la chica periodista quien viaja sola, ha estudiado y leído sobre misticismo, paranormal y metafísica, se abre paso entre esa multitud, se coloca al frente, pide permiso al capitán Lamberto, señalando que la repuesta a todo eso que está sucediendo está en el camarote 639, es de allí donde sale el olor a incienso. Además, es el único que no está con nosotros ¿por qué?, ¿es ese personaje de allí quien tiene las repuestas?

Se voltea hacia el capitán Gerardo Lamberto, preguntándole quién es ese personaje, capitán, ¿quién?

Otras voces se unen a ella, exigiendo aclare lo del camarote sin número, mientras el capitán guarda silencio, da la impresión de algún temor que tiene en hablar sobre ese extraño personaje.

Lo presionan, los cientos de pasajeros lo presionan, diga que sucede, capital, diga, le gritan una y otra vez y cuando la exigencia aumenta el tono intimidando al Capitán Lamberto, escuchan desde el final de la concentración una voz gruesa, misteriosa, "soy yo" lo repite dos veces, "soy yo".

Todos voltean hacia el lugar de donde proviene esa gruesa y misteriosa voz.

Un personaje alto, mucho más que un hombre promedio, blanco de ojos verdes que por ratos pasan al amarillo, causando temor sobre todo en las mujeres, está vestido de manera impecable con un traje, camisa y corbata gris, zapatos y medias negras. Tiene una larga barba, su pelo negro llega a sus hombros, realmente da temor, es un extraño personaje que se presenta como Akzayaca, descendiente de Quetzalcóatl, el dios de los Aztecas que despierta conciencias para imponer justicia y libertad.

Aquellos pasajeros, abrazados unos con otros, sienten miedo, sienten temor por sus vidas, nadie se atreve hablar, preguntar, despejar dudas y aclarar que sucede, cuál es la razón de toda aquella odisea que viven.

Hubo unos minutos de un silencio que gritaba el terror que sentía aquella multitud de más de 150 pasajeros

Allí frente a ellos, esta aun el personaje que se identificó como descendiente de un dios espera alguna reacción. No la hay.

Ni el propio capitán Gerardo Lamberto, se expresa, parece ser que él también desconocía a ese raro personaje del camarote 639. Allí está con su tripulación, pero ninguno tiene el valor de tomar la palabra.

Cuando el hijo del dios azteca, Akzayaca, se dispone a retirarse, se escucha la voz valiente de Angélica la joven periodista, quien desde la mitad de la concentración levanta su mano para que la ubique el extraño personaje.

Akzayaca se regresa, espera nuevamente la pregunta, así lo hace la valiente chica mientras va caminando hacia él entre los pasajeros que le abren el espacio.

"Soy defensor de la justicia y la libertad", una primero, la otra después. Aquí hay muchas injusticias sin cobrar, una vez paguen, entonces serán liberados, mientras no sea así la neblina se mantendrá. Ustedes deciden.

Sin mediar más palabras se voltea, camina hacia su camarote, pero la valiente Angélica lo sigue, al darse cuenta se voltea, Angélica luego hablaré contigo. Analicen sus vidas.

Angélica, se pregunta ¿cómo sabe mi nombre?

Desde ese instante, los 150 pasajeros, se alteraron, unos con otros comentan, se arrepienten de haber formado parte del crucero, otros gritan que morirán todos porque todos somos pecadores, en tanto la mayoría lloraba, las mujeres sin saber que hacer, cómo es eso que tenemos   que pagar nuestros pecados, dijo Esther la amiga de Angélica.

Horas de angustias, interrogantes, llantos, sentimientos encontrados, una revolución interna difícil de controlar, el capitán Lamberto desarmado en todos los sentidos, no supo que hacer, no había manera de solicitar ayuda, orientación o instrucciones, porque la embarcación en pleno Triángulo de las Bermudas ha caído en un limbo total. Ese aislamiento es lo peor, sin ayuda exterior, cada uno tiene que pagar sus injusticias, sus malas acciones y es allí donde está la parte álgida, nadie reconocerá sus errores, mucho menos que todos esos desconocidos del crucero se enteren.

DESCUBRIENDO CONCIENCIAS

Akzayaca en su camarote 639. Es "el enviado" para corregir caminos entre esos que hoy de manera fría disfrutan de un hermoso crucero en un recorrido de ensueño denominado "Sendero Iluminado" tiene la responsabilidad de cumplir con el sendero que ellos escogieron para ser iluminados dándoles la oportunidad el Señor de los Destinos, para enrumbar sus vidas, salvar sus almas y ver la luz de la eternidad.

El descendiente del dios azteca, con el poder de despertar conciencias fue el encomendado para actuar y despertar en ellos el valor para reconocer sus pecados, revertir la acción, limpiar su alma permitiendo que la niebla que los domina inicie la apertura del camino hacia la salvación de su cuerpo y de sus almas.

El crucero no puede permanecer en el Triángulo de las Bermudas por un tiempo indefinido, tiene sus límites y en ese margen se deben manejar con cálculos perfectos cada uno de quienes deben revertir sus injusticias, pagar sus pecados, salvándose y salvando a los inocentes que integran el grupo del maravilloso crucero Flor Tropical.

En ese sentido, Angélica la chica recién graduada como periodista, cumplirá un papel decisivo, es el enlace entre Akzayaca y el pecador por eso el llamado que le hizo para conversar con ella, explicar la misión y su importante papel ante el universo, el mundo astral y el Señor de los Destinos.

La importante misión se debe iniciar lo antes posible, para ello Angélica tiene que conocer los pormenores, los detalles y conocer al ser místico que acompaña a Akzayaca en esta especial misión.

¿Un ser místico?, exactamente se trata de Lucero, la señora de los portales y el espejo, que será el reflejo de las acciones equivocadas de quienes tienen que enderezar su camino por obligación, pero con su consentimiento, solo se logrará si su arrepentimiento y revertir su mal proceder, sea de manera sincera, arrepentida y determinante. Solo así pagará su deuda.

Son las 3 de la tarde, la hora precisa, Angélica al sentir el aroma del incienso, piensa es el momento de conversar con el misterioso personaje que apareció en medio de un crucero que sería de felicidad y alegría y ahora por los karmas de quienes por sus pecados están detenidos entre una espesa neblina, inexplicable que los mantiene detenidos en el peligroso Triángulo de las Bermudas.

Angélica con un poco de temor, con su mano temblorosa, toca la puerta del misterioso camarote 639. Espera unos segundos.

Se abre la puerta, el descendiente del dios azteca vestido exactamente igual, recibe a la bella joven convocada por él.

Angélica pensaba que sentiría mucho temor al entrar a ese camarote, creyó que le afectaría el constante aroma a incienso, pero ni una cosa, ni otra, aquel camarote es a todo lujo, con un impresionante espejo.

El ambiente es agradable con muebles hermosos, lujosas, cortinas y flores naturales en los dos rincones principales en pequeñas mesas de caoba. Lámparas y alfombras de lujo, candelabros con grandes velas. Es todo un bello ambiente, muy diferente a lo imaginado por Angélica.

Angélica al entrar sintió paz, mucha paz, espera que el semidios como ella lo llama y respeta, le indique donde sentarse para hablar de la hermosa misión donde tomará parte.

En un salón ubicado al lado de la sala principal, Akzayaca busca un grueso cuaderno, lo toma, lo mantiene en sus manos.

Se sienta a un lado de Angélica vestida como toda una periodista: pantalón, camisa y chaqueta. Collar de perlas, zapatillas sin tacón y una grabadora en sus manos.

Akzayaca le pide que en esos momentos no utilice el grabador, la conversación debe ser privada, ella formara parte de la misión y debe respetar tanto el acto, como el secreto de las confesiones de los pecadores.

Cuando todo termine, al final de la misión, podrá publicar lo que crea conveniente y positivo para ella y para el mundo, pero por los momentos le agradece que todo quede entre ellos.

Angélica como profesional respetuosa, acepta sus sugerencias y opinión, la conversación debe ser no solo interesante, sino de mucha importancia, de tal manera que guarda la grabadora y pone atención a sus palabras.

¿Tú qué opinas de los seres místicos? ¿Para ti existen?

Esa primera pregunta de Akzayaca, fue extraña, hacia ese lado girará la conversación, se inicia el misterio, pensó la joven dama a su lado.

Si, claro que creo en lo místico, ¿por qué quieres saber eso?

Sencillamente porque en la misión a cumplir contaremos con una buena amiga que es mística, tiene facultades y será muy importante su ayuda.

Está bien, responde ella, y ¿cuál será mi parte en esa misión?

Las injusticias cometidas por algunos de quienes están hoy en ese crucero, tú serás el enlace, quien nos ayudes en hacerle seguimiento y de ser necesario los ayudes a ellos también.

¿Cómo sabes tú, de sus actos de injusticia?

Tengo la facultad de revelar conciencias, lo hago, lo cumplo constantemente y aquí llevo los récords, le muestra el grueso cuaderno, donde se lee el título: "Guiones Desolados".

Aquí están algunos de ellos, de quienes están en este crucero y sus faltas no las han pagado ni a través de la ley con la pena adecuada, ni en corrección personal reconociendo lo hecho y reparando el mal. Como ves, son demasiados errores o pecados como le dicen los humanos. Iremos poco a poco, pero en todos tenemos que hacer justicia, es nuestro deber, es nuestra esencia.

¿Cómo será el procedimiento? Pregunta Angélica.

Aún no hemos decidido esa parte, esperamos que tú nos ayude, esperamos por tu respuesta.

Angélica calla, mira al vacío, a la nada, está reflexionando, ¿por qué ella? ¿por qué fue la escogida? ¿con qué derecho ese señor que dice ser descendiente de un dios juzga y se siente con derechos que solo le pertenecen al Dios Todopoderosos? ¿Por qué?

Porque pertenezco al tribunal de justicia de los humanos, le responde el descendiente del dios Azteca, sorprendiendo a esa chica que aún no reconoce, ni entiende eso de dinastías de dioses pasados y menos de castigos y juicios en vida a quienes son señalados.

Angélica con asombro lo mira, entiende en esos momentos que esta frente a una persona no humana, por lo menos no totalmente, expresando una disculpa, justificando su duda, nunca ha vivido episodios de esa naturaleza.

Su mente no es libre estando frente a él, así lo entendió, aquella misión no será tan fácil, sea cual fuere, es una realidad muy lejos para cualquier ser humano, ella es una mortal como todos, ¿cómo aceptar aquello que en verdad no entiende?

No es nada que no puedas cumplir, nuevamente la sorprende ese descendiente de un antiguo dios azteca, que le interrumpe sus pensamientos, has sido la escogida, porque aún conservas un alma limpia, con nobles sentimientos, como a nosotros, te molesta la injusticia y desearías poder evitarla, erradicarla de la condición humana, así que eres la apropiada. Sin embargo, no es obligación aceptarla, ni podemos obligarte, tienes tu libre albedrio.

Angélica, sonríe, voltea su cara para encontrarse con la mirada de aquel extraño pasajero, ¿cómo sabes que soy un alma limpia? Soy una mortal como otro cualquiera.

Tu nobleza y sinceridad me lo acaba de confirmar, le responde aquel caballero que tiene al frente, de haber tenido alguna mancha en tu alma, no me harías esa pregunta, no tienes nada en tu haber, eres la indicada, le repite, está en tus manos la decisión, ¿nos acompañas en esta misión?

Claro que los acompaño, tenemos que salvar a los cientos de personas inocentes que están en este crucero, no deben pagar justos por pecadores.

Has dicho palabras sabias, eres la indicada no tenemos duda. Gracias por apoyar estos actos de justicia, será una buena misión. Se levanta, indicándole la dirección la coloca frente al espejo que tiene al frente.

Ella lo mira con cara de interrogación, mantén tú mente abierta. Este espejo es el portal que nos ayudará, es un espejo místico, es dirigido por quien es nuestra aliada en esta misión, se llama Lucero, ya te daré más detalle de ella, pero quisiera que la conozcas, ¿lo aceptas?

Angélica lo mira fijamente por unos segundos que parecen eternos, busca en sus ojos resolver el misterio que envuelve esa delicada misión donde ha sido incluida, al reaccionar, acepta la propuesta sin más preguntas, mental y anímicamente se prepara para lo que sea aparezca en ese espejo.

Sin más palabras, Lucero, la dama del espejo y de los portales, aparece frente a ellos, Angélica lógicamente se impresiona, aprieta su mano en el brazo del caballero a su lado, éste sonríe, la mira amistosamente colocando su mano sobre la de ella aun apretada a él.

Lucero, saluda con una voz melodiosa, amplia sonrisa, su mirada fija en la chica quien le responde con la misma sinceridad, conectaron, ellas la mística y la humana, conectaron, se entenderán, será una gran amistad entre ellas.

Angélica disimulando su impresión con todo lo que sucede ante ella, es emocionante, interesante, impresionante y aún falta todo lo que viene al iniciarse los juicios de la verdad y la correspondiente rectificación.

JUICIOS DE LA VERDAD

Mientras ellos decidían cómo se realizaran los juicios, como seleccionaran a quienes necesitan rectificar sus errores, entre ellos profesionales, comerciantes, empresarios, o sinceramente amigos que traicionaron, parejas que cometieron adulterios, y otros modos de alterar sus vidas con acciones contrarias, los cientos de restantes pasajeros aun con el temor que vivían en ese "accidente" sufrido, trataban de sobrellevar la situación, esperaban el anuncio de las autoridades del crucero con la posible solución a una tragedia que jamás esperaron, pero que tienen que superar y en eso han fijado una serie de actividades a cumplir siempre con el optimismo de lograr la solución en tan costoso viaje de placer.

Akzayaca, Lucero y Angélica se disponen a hacer justicia, ajenos a los planes de la tripulación y pasajeros.

Aún deciden si escoger por sexo, por la gravedad de sus pecados o por sorteo a los tantos pasajeros culpables de la tragedia que todos viven.

A toda esa realidad el camarote 639 espera en estricto secreto lo que allí sucederá a partir de los próximos minutos.

Ese camarote 639 el gran confesionario de la alteración de las leyes naturales de justicia, paz y libertad.

Previo al inicio de tan dura labor, ellos: Akzayaca, Lucero y Angélica, realizan un rito apropiado buscando mantener la mente abierta, actuar con toda la sinceridad de los casos, pero sobre todo con el sentido de justicia, ecuanimidad y libertad.

Entran en profunda meditación, aquel camarote se envolvió en un aroma angelical, desde un lugar invisible todos fueron rodeados por nubes de donde provenía la música más especial que Angélica ha escuchado, definitivamente esos eran seres elevados, ella una mortal más, que solo se dejaba llevar, formando parte de un trío maravilloso que será para ella los momentos más especiales que vivirá desde esos días de un crucero totalmente inesperado y maravilloso.

Por unos 30 minutos ellos permanecieron envueltos en tan sublimes momentos, era una concentración entre lo humano, lo místico y espiritual.

La limpieza espiritual era necesaria, fue la energía negativa de aquellos pasajeros señalados por acciones contrarias a la justicia, los causantes de encontrarse dentro del temido y misterioso Triángulo de las Bermudas, pagando justos por pecadores y es esa la razón del por qué intervienen los seres especiales como Akzayaca, Lucero y la humana Angélica evitando una injusticia mayor como sería terminar con aquellas vidas inocentes que tan solo deseaban disfrutar de esos días de felicidad y paz.

¿Madre Cruel?

María Isabel, formó parte de una familia normal, con un padre, una madre y cinco hermanos.

Ella desde muy pequeña se mostró callada, reservada, poco participaba de los juegos y diversiones de sus hermanos, con 2 varones y 3 hembras.

¿Cuál es su problema? Se preguntaban sus padres José Vargas y Gisela Molina, ¿por qué ella tan retraída? Siempre solitaria, leyendo sus libros esos que le compraba su padre, o sencillamente estaba en su cuarto con crucigramas y dameros.

Contaba ya con unos 14 años, ¿amigas?, tan solo dos quienes la visitaban en pocas oportunidades. En fin, que ella Chabela como le decían, fue callada, taciturna, solitaria.

Es esa la primera candidata para entrar en ese camarote 639, donde se develaría la razón de su solitaria vida en adolescencia y juventud, y con ello conocer el por qué es una de las causantes de la tragedia que se vive en el crucero Flor Tropical.

Todo listo, en ese camarote se inician las sesiones, la primera sorprendida al haber sido incluida en la lista de los "sancionados", fue ella misma, jamás pensó que sería acusada por algún "pecado" en su vida pasada.

Sin otro remedio tuvo que aceptar entrar al camarote-confesionario del esplendido crucero, Lucero la soberana del portal, le tiene listo su historial siendo la más sorprendida, jamás pensó que su vida fuera expuesta de tal manera, hecho que no la avergonzó, solo la sorprendió.

Chabela no parecía sorprenderse mucho, solo le intrigaba a cuál de sus "travesuras" se referiría aquella dama que le habló a través de un espejo y junto a ella, aquel caballero con mezcla de indígena y hombre blanco con unos ojos de mirada fuerte que leía sus pensamientos.

A través de los años, Chabela crecía entre la timidez, un resentimiento hacia la humanidad al punto de odiar a muchos, incluso a uno de sus hermanos, a Nelson, el mayor de los dos varones de la familia y su falta de sinceridad, dejando claramente establecida la desconfianza y envidia hacia muchos de ellos.

En otras palabras, la propia Lucero la señaló como una persona hipócrita, resentida rayando en la perversidad hacia quienes son su entorno familiar y amigos más cercanos.

Pero su mayor karma no fue ese, más adelante lo verá, en un primer juicio, le dice Lucero, señalando el espejo. Ella palideció, se creía libre de toda culpa, los errores cometidos en ese pasado eran pequeños, nimiedades no entrando en el rango de Karma, sin embargo, Lucero le mostró una imagen suya, tal vez más cruel.

Aparece, con un bebé en los brazos, dejándolo en la puerta de un orfelinato, Chabela tembló al verse en esa imagen, era ella, en verdad era ella dejando a su hijo con horas de nacido en la puerta de esa casa hogar para niños abandonado como el de ella.

Por Dios era una niña de apenas 16 años, no sabía qué hacer y mis padres nunca se enteraron, tenía que buscarle donde lo atendieran, yo no podía lo decía llorando con la cara tapada, se sintió avergonzada, con una inmensa culpa en su alma.

Akzayaca, ese hombre semidios, le apretó la mano en señal de apoyo, María Isabel, hoy no vienes a defenderte, solo a recordar.

¿Recordar, qué? Responde ella, yo no le debo a nadie nada.

Entonces aquel espejo se iluminó mucho más y Lucero le dijo "todos deben algo a alguien", tu mucho más."

Si, pero era una niña y mis padres nada sabían.

Has podido no huir, pero no fue eso lo que escogiste y la vida te lo devolvió en forma de vacío.

En ese instante, Akzayaca levanta la mano y una figura aparece en el espejo, es de un pasajero, de Samuel, un señor de unos 32 años, quien desde que se encontró frente a frente a Chabela, subiendo las escaleras, sintió una repulsión, no lo entendía, pero aquella señora le causaba rabia.

¿Lo reconoces, le preguntó Lucero, no le ves algún parecido a ti? Mira sus manos.

Chabela le vio un gran lunar rojo, como mostrando que su sangre también es roja.

Chabela tembló, le tomó la mano a Angélica quien como humana, le correspondió colocando su otra mano sobre la de ella, inspirándole tranquilidad. Ese joven señor se llama Samuel, es tu hijo, y está muy resentido porque no le fue bien siendo niño.

Chabela, comenzó a llorar y gritar: ¡perdón, perdón!

Debes enfrentarlo, le agregó Angélica, no es casualidad que también este aquí en el crucero, la vida los trajo para que se encontraran. Él debe perdonarte y tu pedírselo y explicar tu realidad es esos días, no es suficiente para la decisión que tomaste, pero es alguna razón considerando tu falta de experiencia y la familia que tenías poco amorosa contigo. Pero debes enfrentarlo y decirle la verdad. Se lo debes. Además, es necesario para acabar con tu karma y el suyo.

Terminando Angélica sus palabras, el espejo de Lucero mostró a Samuel de niño en casas de paso, en instituciones duras con pocas atenciones y muestra de cariño, estuvo en manos de personas que nunca lo amaron.

En otro momento de su adolescencia tendría unos 11 años y sufriendo como lo hacía, le lloraba a quien fue su madre. ¿"por qué me abandonaste, por qué"? Esa escena casi enloquece Chabela, se levanta rápidamente.

Ellos, los tres del tribunal, dejaron que se desahogara, que esas lágrimas sinceras lavaran un poco la culpa que lleva en el alma y que seguramente no la ha abandonado en todo el tiempo.

Samuel en la última casa de refugio para menores donde estuvo, desarrollo la habilidad de escribir comenzando con poemas que expresaban su triste niñez y la falta de una madre o de un padre, en un pequeño cuaderno él guardaba sus escritos, eran muchos sus poesías, todas con esa tristeza y melancolía de la vida que le tocó vivir sin lograr que alguno de aquellos padres sustitutos le dieron el apoyo, la comprensión por haber sido un niño abandonado por su madre, sin embargo a ellos no les guardó rencor, tan solo sentía pena que estaban escritas en esas letras cargadas de realidades, sentimiento y dolor.

En ese duro camino de su infancia y adolescencia, Samuel consiguió un amigo, un chico igualmente abandonado por sus padres, Pedro Luís, con quien desde el inicio de su amistad fueron inseparables.

Pedro Luís vivía en el sótano de una casa abandonada, que, para suerte de ellos, no tenían vecinos facilitándole sus vidas.

Quienes habían sido sus padres sustitutos, no le impidieron que abandonara la casa, entendieron que no era feliz y lo dejaron partir a la edad de los 16 años.

Allí en ese sótano, lograron un poco de paz en sus vidas, cada uno aportaba lo básico para sobrevivir.

Pedro Luís, trabajaba lavando platos y demás en un restaurant cercano, de allí muchas veces conseguía comida para los dos.

En tanto Samuel, limpiaba el jardín de dos casas de gente adinerada, y allí recibía mejor atención de quienes fueron sus padres sustitutos, llenando un poco ese vacío que tenía en su corazón, vacío que poco a poco fue superando con la amistad de Pedro Luís y las atenciones de los señores Romero, Juvenal y Elia, mientras en sus ratos libres continuaba escribiendo poemas para sumar lo suficiente completando para hacer un poemario.

La otra familia donde también atendía sus jardines, Samuel contó con el apoyo del hijo mayor de la familia, de Herberth, quien lo veía siempre escribiendo "algo" en hojas que se conseguía en los potes de basura, hojas casi limpias, sin escritos.

Una tarde Herberth le pregunta que es lo que tanto escribe y Samuel sin decir palabra, le pasó sus poemas.

Herberth, chico de buen corazón, leía aquellos poemas y conoció la tragedia y triste vida que Samuel ha vivido. Eran poesías cargadas de sentimiento, de realidades, en ellos había material que podría interesar a alguna editorial y ellos, los Romero tenían contactos importantes, trataría de ayudarlo, es un talento oculto, pensaba, se merecía una oportunidad.

Samuel le comunica a su amigo Pedro Luís ese encuentro con el chico de los Romero, con Herberth y ambos se emocionaron, era Dios quien los unió, pero también los ha colocado en lugares donde cambiarían sus vidas, tal como fue.

Samuel, a sus 18 años, ya tenía publicado su primer poemario que título: "Vida, sentimiento y realidades". Con el apoyo de Herberth fue colocado en las principales librerías de la ciudad y desde entonces la vida de estos dos chicos, cambió totalmente.

Meses más tarde, se atreve a escribir su vida en una novela que título "Mi madre perdida" libro que tuvo más éxito que su poemario y con ello la vida holgada que lleva junto a su amigo Pedro Luís a quien nunca abandonó.

Ese trio: Samuel, Pedro Luís con 20 años y Herberth con 36 tuvieron una amistad que aun los mantiene unidos estando todos tres en la edad de los 30 años con un brillante futuro.

La vida de Samuel cambió tanto, que en ese momento cuenta con los recursos para formar parte de ese crucero, donde sin saber su vida le daría no solo una gran sorpresa, sino un giro inesperado

Esa historia mostrada en el portal de Lucero en presencia de Chabela, la madre de Samuel tuvo un impacto muy fuerte en ella. Sufrió una baja de tensión, al límite, casi llego a perder la conciencia y solo la pronta reacción de Akzayaca y sus poderes la lograron rescatar del umbral donde estaba llegando. Su remordimiento de conciencia la llevó al colapso y tan solo por estar en manos de Lucero y el descendiente del dios azteca, logró volver y enfrentar la realidad frente a Samuel, uno más de los pasajeros del crucero Flor Tropical.

Allí, en el camarote 639, Chabela se mantuvo unas horas recuperando el aliento, pero también entendiendo su mala acción en aquellos días de su embarazo y abandonar a su hijo, teniendo que pagar el karma por su bien, de Samuel y de los muchos pasajeros del crucero encallado en el Triángulo de las Bermudas.

Debe regresar y darle la cara a Samuel y a su propia vida, inclusive a sus padres quienes fueron responsables de su decisión por la rígida educación que le inculcarlo

Akzayaca, reconoce que el abandono fue una elección, pero también reconoce que Chabela es víctima de un karma más antiguo, uno que viene desde atrás, que debe romperse en esos momentos como parte de la limpieza espiritual que adelantan para salvar al Flor Tropical y sus pasajeros.

Samuel en otra de sus vidas, antes de ser engendrado por Chabela, en aquella era de las guerras para liberar naciones, entre los años 1.700 y 1.800 fue Capitán del Ejército de Liberación de Colombia.

Por eso Akzayaca espera que Chabela supere su karma, segunda parte del trabajo de sanación espiritual que se realiza en ese misterioso camarote 639 con él, Lucero y Angélica como guía y jueces.

Traidor

Samuel, el hijo que Chabela decidió no criarlo por temor a sus rigurosos padres, estaría pagando su propio karma, en una de sus vidas anteriores, formó parte del ejército de liberación de Colombia en aquellos años de independencia de los países del sur de América.

Llegó al grado de capitán en el ejército liderado por Francisco de Paula Santander, en ese entonces Samuel se llamó José Vicente Villanueva, joven valiente, aguerrido, de mucha confianza del General de Brigada, pero su lealtad no fue la esperada y por su traición casi se pierde la batalla de Pantano de Vargas. Esa macula de "traidor" permaneció en él hasta su muerte. Sus compañeros de lucha lo marginaron y el propio Santander lo hizo a un lado, lo excluyó del ejército, para no fusilarlo considerando sus pasadas actuaciones aguerridas en defensa de Colombia.

Con esa acción de traidor, hoy en esta vida como Samuel, paga su karma, pero es necesario tome conciencia de ello y así formará parte de uno de los pasajeros del Crucero Flor Tropical que pasara por el camarote 639 para conocer esa su otra realidad a través del portal de Lucero y su místico espejo.

Angélica, quien forma parte de ese tribunal místico en el misterioso camarote 639, le manifiesta a Akzayaca y Lucero, que se está formando una cadena de karmas preguntando, ¿qué si esa es la razón de ese juicio a varios pasajeros?

Exactamente le responde el semi dios azteca, que esos pasajeros no llegaron a ese crucero por casualidad, muchos sí, pero otros no, estos fueron seleccionados para pagar su karma en una secuela de vidas anteriores cuando cometieron sus delitos y deben expiarlos, se les venció el tiempo, no han corregido sus acciones y ahora deben hacerlo.

Mientras suceden todas esas confesiones y karmas que se tratan en el 639, los restantes pasajeros, ven pasar el tiempo, han pasado 3 semanas desde cuando encalló el crucero en el temeroso triángulo de las Bermudas y no saben que está sucediendo en ese camarote misterioso con aquel señor grande de barba y pelo largo que dijo ser un descendiente de un dios azteca, mientras ellos siguen atemorizados, desconociendo su final y nadie ni se hace responsable, ni aclara que sucederá con ellos. De aquel crucero alegre, con programaciones para 45 días, no hay nada solo temor, misterio e incertidumbre.

Lucero la dama del espejo, que sabe la situación que hay fuera de la puerta de ese camarote, cree necesario se les aclare la realidad, decirles la verdad. Muchos no entenderán, otros no lo creerán, pero esos pasajeros inocentes se merecen una explicación.

Angélica comparte esa posición de Lucero y cree que debe ser el mismo Akzayaca quien debe explicar y ella se ofrece a estar junto a él y hacerse entender entre tantos ignorantes, otros inocentes y otros los culpables que hay entre esos más de 150 pasajeros.

Acuerdan convocar para las 6 de la tarde del día siguiente a todos los pasajeros a una asamblea donde se buscará calmar los ánimos, que entiendan lo sucedido y al final acepten y esperen los resultados, igualmente tienen que esperar los resultados, ya no hay vuelta atrás, pero que lo tomen con calma y así la situación fluirá.

Purgando su culpa como traidor a una noble causa como era la liberación de su país, José Vicente Villanueva, en su próxima vida nace de una joven mujer de apenas 16 años quien en su desesperación deja a su bebe en la puerta de aquel orfelinato, y es así como inicia su pecado criado en varios hogares que no le dieron el amor deseado.

Al pagar su traición, comienza el cambio al aparecer en su vida el joven Herberth Romero quien lo ayuda hasta hacerse un nombre como escritor.

Sin embargo, Samuel continúa con ese vacío en su corazón al no saber ni quien fue su madre, ni la razón para dejarlo abandonado en un orfelinato.

Sin saberlo, el destino lo llevó a ese crucero donde está quien es su madre en la persona de Chabela también con su karma que debe pagar y para ello lograr el perdón de Samuel, según la sentencia de Akzayaca y Lucero los encargados por el mundo astral de hacer justicia.

Chabela recibe la sentencia, entendiendo la realidad de su vida a los 16 años, y sometida a una educación muy rígida, sin comprensión de sus padres, el tribunal decide que debe lograr el perdón de Samuel, y ella a su vez perdonar a sus padres, por su falta de amor y comprensión.

Chabela sale del camarote 639, todos la esperan y explique qué está pasando allí dentro, pero ella se limita a decir que todo lo sabrán en la reunión del día siguiente a las 6 de la tarde. Chabela se dirige directamente a su camarote, reposa, está agotada física, mental y espiritualmente, allí llora intensamente recordando tanto el tratamiento rígido, frío y distante de sus padres, como por su acción de abandonar a su hijo en un orfanato donde no fue feliz, ni con los diferentes padres adoptivos.

Lloró en su cama hasta quedarse dormida, cuando despertó eran altas horas de la noche, sin embargo, salió a dar una vuelta por los pasillos del crucero en busca de ver a Samuel. Lucero a través de su espejo místico, se lo dio a conocer y esa imagen la tiene en su mente, así como la marca muy especial de un lunar de sangre en la mano, tal como lo tiene ella y algunos de su familia que lo heredaron.

Con esa imagen, buscó entre los pocos pasajeros que aún están fuera de su camarote recorriendo los pasillos y demás lugares.

Precisamente, en la barra del bar en el quinto piso, está Samuel, es él, se dijo ese es mi hijo y sus piernas se debilitaron al punto de buscar un lugar para sentarse y allí en el rincón una poltrona azul fue su salvación.

Allí estuvo por unos 10 o 15 minutos observando a su hijo mientras conversaba con el cantinero y una hermosa mujer que ella sin saber la razón, no le dio buen palpito, pero no la conocía, no entendió porque la rechazó su intuición.

Espero, esos minutos allí en la poltrona azul, Samuel se retira con la chica, le pasan por el frente, ellos la saluda con un "buenas noches" y se van a los camarotes.

No durmió, Chabela esa noche no durmió, el descanso de la tarde y la preocupación en su mente, no la dejaron en paz, así que espero pacientemente el día siguiente y enfrentaría a Samuel, su hijo abandonado.

Poe su parte Samuel pasó una de sus mejores noches, aquella chica que recién conoce, logró cautivarlo, eso lo alegró. Lo más lejos que él tiene en mente es la gran sorpresa al día siguiente de conocer a su madre.

Eran las 11 de la mañana, los 150 pasajeros ese día amanecieron con la esperanza y la expectativa de la reunión en la tarde donde aquel misterioso hombre les daría alguna explicación sobre las 4 semanas varados en el Triángulo de las Bermudas.

Por su parte Chabela sale bien arreglada, con un optimismo raro en ella, pero si, estaba segura qué lograra el perdón de Samuel.

En el camino se encuentra con Angélica, ambas desean que Samuel entienda la situación, la disculpe y acepte entrar al camarote 639 para su caso de traición en la época de la independencia de países de América del Sur.

Llena de optimismo, seguridad y decisión Chabela busca a Samuel, no lo consigue, pasando más de dos horas sin localizarlo, se dirige a la cabina de información, allí por seguridad no le pueden dar la ubicación de su camarote. Ella insistió sin resultados. Resignada se dirige al restaurant y allí espera con paciencia tratando de conocer a muchos de los pasajeros quienes por cierto todos tienen alguna pena que pagar con la vida y tal vez con el más allá.

Pensando en eso sonríe, el cantinero cree que es con él y la regresa la sonrisa y un "buena tarde señora, desea tomar algo".

Si por favor, un café caliente.

Al momento de servirle el café caliente, Samuel llega y se sienta a su lado, Chabela siente un escalofrío, es su hijo, tan agradable y con buen físico.

Samuel la saluda y al momento de hacerlo, ella tiene su mano sosteniendo la taza de café, la mira y con sorpresa en su cara, le enseña la suya y se quedan mirando. Chabela le dice si, es lo que estás pensando, y le da la noticia de su vida: "soy tu madre, te esperaba, estoy aquí para que hablemos".

Samuel se levanta de inmediato, deja su taza con café y se retira rápidamente pensando que ella lo seguirá, pero no, Chabela no se movió, estaba paralizada, el cantinero lo notó, "¿está bien señora?".

Un poco mareada, pero si estoy bien. Gracias por preocuparte, pero es un gran problema que tengo y debe enfrentarlo, le dice con lágrimas en los ojos.

Sea lo que sea señora, en la vida todo tiene solución, le respondió amablemente. Tanto que Chabela le sonríe, eres un buen hombre. Se retira y se sienta en la misma poltrona azul de la noche anterior. Allí estuvo por un tiempo que ni ella misma supo cuánto fue, lo cierto es que el cantinero se le acercó con otra taza de café y le sonríe. Tranquila todo saldrá bien, ya vera. Ella le responde poniendo su mano sobre la de él, con un "gracias, eres muy amable".

Samuel desapareció, ¿se esconde? Es lo más lógico, no desea enfrentar a esa señora que le dijo ser su madre y por ello está en ese crucero para enfrentar la realidad de los dos.

Lo cierto es que Chabela no lo volvió a ver en todo ese día, esperaba encontrarlo en la asamblea o reunión convocada por el señor extraño que ocupa el camarote 639, reunión que se realizaría esa tarde y que tendría una respuesta inesperada, importante y como posible solución a la gravedad que tienen esos pasajeros con casi un mes en esa realidad allí en el triángulo de las Bermudas.

Al día siguiente, al despertar con un sol radiante que indica será un buen día a pesar de la situación que atraviesa el crucero, ella va directo al restaurante, está el mismo caballero del día anterior, se saludan con mucho cariño, allí el decide presentarse, señora me llame Tulio Pérez, un gusto saludarla. Ella le responde estrechando su mano María Isabel Molina, todo me dicen Chabela, encantada Tulio, gracias por tus palabras de ayer, me animaron a seguir adelante y solucionar mi problema, gracias nuevamente.

Señora le repito, le dijo Tulio, todos los problemas tienen solución, solo hay que esperar el momento. Ya verá como todo terminará bien.

Ella se toma aquella taza de café muy lentamente esperando que en algún momento aparezca Samuel.

Entre ella y Tulio continúa la amistad hablan de una cosa y de otra y Chabela muy a gusto, aquel caballero le parece guapo, educado y amable.

En tanto, Tulio piensa cuál será el problema tan grave que tienen si se nota que es una mujer de buena posición, inteligente y agradable.

Así, pasa el tiempo, entonces Chabela le pide por favor a Tulio que le avise si lo ve, él es mi hijo y está muy molesto conmigo, debo aclararle muchas cosas, le explica al momento de escribirle su número de teléfono y se lo entrega. Cuente con eso señora Chabela le responde.

Así sucedió, a las 6 de la tarde aproximadamente, Chabela recibe la llamada de Tulio, allí en ese momento Samuel está en el restaurant con la misma chica de la tarde anterior.

Chabela toma aire, fuerza, no es fácil enfrentarse a su hijo, a quien verá en unos instantes, desconociendo que está acompañado de una joven, tal vez su novia o esposa, siendo más difícil enfrentar la situación.

Sale de su camarote, las piernas las siente débil, los nervios la dominan y antes de llegar al restaurant, se detiene, eleva una oración al Señor la ayude en ese momento y ponga en su boca las palabras necesarias para lograr el perdón de su hijo.

La oración la hizo con tanto corazón y sinceridad, que le permitió superar la crisis emocional, da los últimos pasos antes de entrar al restaurant.

Samuel y la chica están ubicados en una de las mesas a la mitad del amplio salón, él está de espaldas a la puerta y no la ve entrar, es la chica quien le dice, que una mujer se acerca hacia ellos. No hay muchos pasajeros, de tal manera que es a ellos hacia donde se dirige.

Cuando Samuel voltea para ver quien es, se consigue de frente con Chabela. Trata de esquivarla y retirarse, pero ella lo toma por el brazo, "hijo por favor déjame explicarte". Samuel se suelta, busca salir del lugar, pero a mitad de camino se detuvo, se regresa y la enfrenta, "está bien, terminemos esto de una vez por todas".

Se acerca y la toma por un brazo, salen de allí, Samuel se detiene en una de las puertas que da para los pasillos, allí se detiene. No hay nadie, todos están atentos a lo que sucede en el camarote 639 siendo el momento preciso para conversar en solitario y aclarar un asunto serio entre madre e hijo.

Sin dejarla hablar se inicia la conversación:

Seré su hijo porque me engendró, pero no la siento así porque me abandonó con horas de nacido y jamás apareció. Lo hace ahora ya hombre, con una vida que me ha costado mucho, mientras usted vivía con tranquilidad, sin remordimiento y jamás me buscó, lo hace ahora porque el crucero, según esos señores, esta varado por el peso espiritual de muchos, entre ellos el suyo, no el mío. Así que deje de molestarme, siga con su vida y yo con la mía como lo he logrado solo, solo, ¿entiende?

Intento caminar, pero Chabela se lo impide colocándose al frente, sea como sea, le dijo ya con más carácter y seguridad en su voz, eres mi hijo, estás aquí porque yo te engendre y no aborte, fueron 9 meses escondiendo mi vientre de mis padres severos, rígidos y yo era casi una niña de 16 años engeñada por un compañero de colegio que me dejó sola y aun no sé dónde está. Así que me escucharas.

Samuel, parecía comprender a aquella mujer, que no lo abortó, lo mantuvo vivo y allí está ahora frente a ella y decide escucharla, pero no ahí, se fueron al camarote de ella y hablar en privado y sin interrupciones.

Me llamo María Isabel, me dicen Chabela. He pasado toda mi vida con el cargo de conciencia por haberte abandonado, pero no te deje en la calle, sino en la puerta de un orfelinato donde te ubicarían un hogar sustituto, de haberle dicho a mis padres que estaba embarazada, no hubieras nacido, me harían abortar. Ellos eran muy rígidos a una clase social estricta.

El señor Akzayaca, el misterioso hombre del camarote 639, es místico y fue él quien me dijo que tu estabas aquí en el crucero, que el destino nos unió, que era el momento de acabar con este karma, me vio el lunar de sangre en la mano y ese es el designio que nos marcaría para siempre.

Esa es mi historia, mi triste historia, tus abuelos ya murieron, igual creo que jamás te reconocerían como su nieto, así de estrictos y severos fueron. Ahora Samuel, la decisión es tuya, me perdonas o seguirás con tu rencor. Yo en silencio y a la distancia siempre te ame en mi silenciado corazón.

Le colocó su mano en la mejilla, te amo hijo mío, le dijo saliendo del camarote hacia el restaurant, necesitaba desahogarse de ese trauma y cree que el amable camarero Tulio, la pueda escuchar y darle ánimo.

Samuel se reúne nuevamente con la chica que lo acompaña y es su novia desde hace pocas semanas, escucha la increíble historia de él, haciéndole entender la tragedia que vivió Chabela a sus 16 años y fue la mejor decisión, de no haberla tomado sus padres la obligarían a abortar y él no estuviera allí. Ahora el destino los une por un lunar de sangre en la mano y debe agradecer que así fueron los hechos recuperando a su madre aun a la corta edad de los 20 años.

Si sorpresa fue el encuentro causal en el crucero, más sorpresivo será cuando madre e hijo narren lo que fueron esos años separados y como él de haber sido casi un indigente, ahora será un joven escritor con mucho futuro.

En este punto de quien lo ayudo para llegar a su revelación como poeta y escritor, Samuel le habla de su amigo Herberth el joven de la casa donde atendía el jardín, gracias a él está allí con su novia para disfrutar del éxito de su libro.

Chabela lo escucha, le encanta lo del libro y su historia en los orfelinatos donde estuvo y madres sustitutas, pero al escuchar el nombre de Herberth, no tan popular, ni corriente, ella le pregunta su apellido, Samuel le dice, Romero, es la familia donde él trabajaba.

Chabela palidece, sufre un pequeño mareo, Samuel la sostiene, ¿te sientes mal, Chabela? Aun no le dice madre. Ella con la voz temblorosa, le responde así se llama el novio de quien salí embarazada.

Samuel y su novia Emilia, dicen al unísono, "no puede ser tanta casualidad".

Chabela termina contando que los padres de él, al salir del bachillerato lo enviaron a estudiar a Argentina y ella nunca le dijo que esperaba un bebe de él.

¿Cómo es posible toda esta casualidad? Le dice a su hijo, el señor místico del camarote 639 Akzayaca, me dijo que el destino nos uniría, tal vez también se refería a quien es tu padre.

El tiempo que pasaron en el Flor Tropical, los tres fueron muy unidos: Samuel, Chabela y Emilia.

Acordaron que al terminar el crucero y llegar a tierra, al lugar de donde salieron, Samuel buscará a su amigo Herberth Romero corroborando que en realidad es su padre, también tenía 16 años cuando fue novio de Chabela, pero él se fue Argentina por unos 6 años y no se enteró de esa historia de amor interrumpida por motivos diferentes.

El encuentro entre su padres y Samuel fue hermoso, el destino los coloco a todos en el camino uno del otro, son personas decentes, nobles, víctimas de las circunstancias merecían reencontrarse y de eso se encargó la vida y el destino, responsable también de hacer justicia.

Chabela, feliz con el reencuentro y el perdón de su hijo único, el Samuel, que recibió a lo largo de su vida una felicidad merecida, con un destino que supo ubicar las piezas en el debido tiempo y lugar.

Tanto su vida económica fue superada de una manera tan rápida y extraña que solo pudo ser por la intervención de una mano prodigiosa, encontrar a su madre de la misma manera y al final obtener la vida que él mismo se forjó. Hubo para él, justicia merecida.

En tanto María Isabel, Chabela para su gente de confianza, también de manera inesperada encontró en ese crucero el nuevo sendero que le dio su propio destino.

Aquel señor amable que la aconsejó y la ayudó a encontrar el camino para llegar al corazón de su hijo, Tulio, un caballero casi de su misma edad, terminaron enamorados, se dieron la oportunidad para ser felices luego de sus vidas amorosas sin realizar, formando al final de esta historia corregida por un destino común, una bonita familia que iniciaría ese tránsito desconocido, pero esperado.

EL SORPRESIVO JUICIO

El salón donde se realizaría la reunión, poco a poco se fue llenando, incluyendo a la tripulación y demás personal de asistencia a los pasajeros.

Exactamente a las 6 de la tarde, salen del camarote misterioso, el semi dios Akzayaca y la periodista Angelica Pérez como miembros del "tribunal" del karma.

Angélica, toma la palabra iniciando la importante reunión, una especie de asamblea ciudadana con un problema común, que requiere una solución común.

Sus palabras de bienvenida y agradecimiento por acatar la petición del capitán Lamberto a fin de buscar la solución y salir del atolladero donde se encuentran cuando la desesperación comienza a aparecer entre muchos pasajeros.

"Espero de ustedes, todos adultos, que abran sus mentes, es la única manera para entender en dónde estamos, el por que estamos y la solución que nos beneficiará a todos". Palabras menos, palabras más, así fue la primera explicación de esa periodista versada un poco en todo lo que involucra al mundo místico, al mundo astral, sin embargo, considera que es Akzayaca quien mejor puede explicar esa situación cediéndole la palabra.

Los cientos de pasajeros en su mayoría reunidos se miran y murmullan unos con otros, algunos eso de "mente abierta" no lo entienden totalmente buscando más explicaciones entre ellos, pero igual la ignorancia en unos y las dudas en otros no facilitaran el camino a seguir, sin embargo, o lo entienden y aceptan o el Flor Tropical seguirá encallado indefinidamente.

Sin dar muchas vueltas sobre el caso, Akzayaca explica que el crucero lleva mucho peso, no físico para eso fue construido, es el peso espiritual, hay mucho karma, muchas malas acciones cometidas y que deben pagar para salir del atolladero, hay que disminuir o acabar con tanto peso.

Es decir, les agrega, o reconocen sus malas acciones y las reparan, o aquí morirán todos y será una nueva acción que quede en el récord ya bastante grande de los desaparecidos en este lugar.

Esos casi 150 pasajeros, levantaron su voz, protestaron unos, gritaron otros y muchos guardaron silencio porque entendían lo grave del caso y más aún solucionarlo.

Akzayaca los dejó hablar, gritar, protestar por un buen rato, luego se retiró y esperó la siguiente reacción.

En tanto entre ellos, comentaban ¿cómo era eso posible? ¿Qué es eso de peso espiritual?

Interviene Angélica, les explico, el señor Akzayaca les habla con la verdad. Mientras ustedes no lo entiendan y reaccionen, aquí moriremos todos cuando los alimentos no alcancen, cuando nadie nos ayude, cuando nuestra salud se deteriore. Así que o entienden dónde y cómo se solucionar esto, o vamos directo a la muerte.

Esa última palabra los hizo reaccionar, entonces la señora Mary Carmen, la española le pregunta, ¿Qué debemos hacer?

Todos nosotros tenemos deudas con la vida, con acciones mal hechas, acciones que se deben corregir y eso solo será con el señor Akzayaca y la ayuda que recibe de la señora Lucero que cada uno la ira conociendo.

Pero tenemos que sincerarnos, reconocer nuestras malas acciones y a través de ellos lograr el perdón. A medida que eso ocurra el crucero poco a poco saldrá del atolladero. ¿Ahora si me entienden?

No mucho le responde Mary Carmen, pero iremos poco a poco y creo que cuando más pronto hagamos eso, más rápido nos iremos.

Exactamente le responde Angélica, ahora si ya nos entendimos, levanten las manos ¿quiénes tienen culpas que pagar?

Tan solo levantó la mano Mary Carmen y su amiga Miriam.

Comencemos con usted entonces, les indicó Angélica, pero sabemos que muchos de ustedes deben seguir, porque el peso espiritual que lleva el crucero es bastante fuerte.

Se da inicio así al juicio colectivo del crucero entendiendo el por qué el paseo por el Caribe se llama "Sendero Luminoso". Es el camino hacia la iluminación de sus conciencias, de sus espíritus.

Adulterio.

Mary Carmen, la primera en entrar en el camarote 639, allí con amabilidad y paciencia la esperan Akzayaca y Angélica.

Es la periodista quien le explica sobre Lucero, allí en su espejo místico se reflejará su pecado, su culpa, su vida de tal manera que no habrá mentiras, engaños, arreglos, ni nada parecido, es realmente su vida y su enfrentamiento para cancelar su deuda con el universo, el karma pendiente.

Lógicamente Mary Carmen se impresiona cuando aparece Lucero en el espejo, algo nunca pensado para ella quien siendo muy católica no creía en nada de esas cosas extrañas en un mundo diferente al terrenal.

Pero ella, supero rápido esa impresión con el apoyo de la chica periodista.

El espejo comienza a desnudar su verdad, allí toda la historia y los dos adulterios cometidos, pero no olvidados, ni pagado tal pecado.

Contaba con 14 años cuando estudiaba en el colegio de monjas de su ciudad. Eran monjas extranjeras con una educación rígida tanto en lo religioso, como en la vida cotidiana, era una chica clase media de buen físico, no tanto como ella hubiera querido, pero enamorados le sobraron sobre todo en la universidad.

Estudiaba el tercer año de bachillerato, allí conoció al chico que sería el amor de su vida, José Luís, un joven de 15 años quien estaba en el salón siguiente al suyo.

Ella, lo amó desde el mismo momento de conocerlo. No podía resistirse a sus encantos: rubio, de ojos vedes claro, contextura apropiada para un joven aun en pleno desarrollo.

Para él, Mary Carmen era una estudiante más del montón. Sus ojos fueron para otra compañera Emilsa Elena quien fue su novia, según se decía en el colegio.

Pasaron los años, ella no volvió a verlo, tomaron carreras y caminos distintos. A la edad de 22 años Mary Carmen se casa con su único novio Antonio José, con 24 años, de familia con tradición empresarial llevando una vida bastante cómoda.

Precisamente la clase a la cual pertenecía él, fue una de las razones para casarse después de 3 años de amores.

Toda esa historia, Mary Carmen la veía en el espejo que le decía "mágico" y no místico, ella poco creía en esas cosas, el caso es que Lucero le mostraba su historia con todos los detalles causando en ella una impresión preocupante, sabía lo que venía y era su vergüenza y pena, lo que ellos llamaron "Karma".

Efectivamente años más tarde, Mary Carmen se encuentra con José Luís, el amor de su vida, a quien nunca olvidó. Ambos asistían a un concierto del cantante lírico Andrea Bocelli, el abrazo entre ellos fue bastante emotivo, la sorpresa para sus parejas no fue de tanto agrado, pero ellos mostraron una amistad muy fuerte olvidándose de quienes están allí.

Conversaron por varios minutos, al despedirse intercambiaron números de sus teléfonos.

Aquel concierto fue como siempre, muy especial y agradable. Sin embargo, ellos se buscaban con las miradas y al fin se contactaron en el intermedio del evento. Allí acordaron almorzar al día siguiente en uno de los restaurantes 5 estrellas.

Esa noche ella le explicó a su esposo quien es él, un compañero del colegio a quien tenían años sin ver.

Antonio José aceptó la explicación, pero algo extraño sintió al ver cómo se abrazaron y besaron en ese encuentro fortuito.

Acudieron al almuerzo donde recordaron aquello días de colegio, luego sus carreras universitarias y finalmente se expresaron la alegría en ambos por volverse a reunir.

José Luis estudio e hizo su postgrado en ingeniería de petróleo en Estados Unidos, fueron muchos años lejos de casa, pero en ese encuentro acordaron mantener la amistad y así se iniciaron los encuentros que terminaron en un apasionado romance.

Muchas veces Mary Carmen para verse con él, dejaba a sus dos hijos bajo el cuido de una niñera, incluso cuando su pequeña Teresa enfermo de sarampión y esa tarde tuvo una emergencia hospitalaria y ella apareció en horas de la noche con el debido reclamo de su esposo Antonio José.

A partir de ese día, la relación entre ellos como esposos no fue la misma, hubo alejamiento, el adulterio de ella quedaba de manifiesto, terminando en divorcio con los hijos bajo la tutela de Antonio José.

Mary Carmen y José Luís continuaron en sus encuentros, ella libre de su esposo y los hijos que ya no tenía que cuidar, en tanto su amigo y amante Antonio José fue descubierto por su esposa Estela y también solicita el divorcio.

Dos matrimonios deshechos y la culpa recaen en Mary Carmen, quien ahora queda al descubierto en esa confesión y reconocimiento de su culpa en el camarote 639 del Flor Tropical.

Al ver su mal proceder, frente a Akzayaca, Lucero y Angélica llora, siente un gran remordimiento por sus hijos, por el divorcio de José Luís quedando los 3 hijos sin su tutela.

Su adulterio fue más por pasión y sexo, qué por un amor limpio y sincero, así que la culpa en ese momento la corroe y avergüenza. Ese sentimiento de culpa y reconocimiento en la destrucción de dos hogares debe ser totalmente sincero y el espejo de Lucero lo debe comprobar.

Efectivamente, fue sincero y sus lágrimas de arrepentimiento también, al llegar de nuevo a su ciudad pedirá perdón a Estela y a José Luís por sus malas acciones buscando el acercamiento hacia sus dos hijos. Debe cumplir le indica Akzayaca de lo contrario su karma aumentara y se lo cobraran de manera más fuerte.

Crece la expectativa

A la salida del camarote, Mary Carmen es abordada por un buen número de pasajeros que la esperaron para conocer que sucede y cómo es eso dentro de ese misterioso lugar del crucero.

Mary Carmen, con lágrimas en sus ojos, rápidamente les explica que nada extraordinario es el juicio que le hacen, pero que todos los que deban pagar sus malas acciones, así como sus karmas deben presentarse y buscar el perdón, de lo contrario es cierto que el crucero no se moverá seguirá encallado con las consecuencias que ya todos saben.

Así que soy la encargada de llevar al siguiente, esperando se me presente y así ir limpiando al Flor Tropical lo antes posible.

¿Quién por favor, será el próximo? Pregunta a todo lo que dio su voz.

Desde la parte de atrás de ese grupo, se escuchó la voz de un caballero, de un señor de unos 65 años, quien caminando entre todos se presentó a Mary Carmen, saludando con un apretón de mano, Carmelo Ruiz, mucho gusto. Listo para entrar.

Mary Carmen, toma uno de los pasillos hasta llegar al camarote 639, toca la puerta. Abre Angélica y ella lo presenta, es el señor Carmelo Ruíz.

Traición económica:

Una vez adentro, se lleva la misma grata impresión del lujo y belleza se ese camarote especial.

En la silla con un alto respaldar, ubicada al fondo del cómodo salón, está Akzayaca, a un lado de él un gran espejo y del otro lado está Angélica.

Se presenta, soy Carmelo Ruiz, economista y quiero limpiar mi karma.

Sea bienvenido señor Ruíz, antes de comenzar, le informó que este es un espejo místico, otros lo llaman mágico. Aquí se reflejará su vida en la parte que nos interesa a usted y a nosotros. Este espejo místico lo maneja una mujer mística llamada Lucero. ¿Está de acuerdo, me entendió? Carmelo, asiente con la cabeza.

En ese instante, el espejo se enciende, aparece Lucero y al señor Ruiz parece no impresionarte.

¿Todos conformes?, pregunta Angélica.

Si todos conformes, responde el señor pasajero.

En ese instante, aparece su historia, su falta, su karma.

El espejo místico dio la impresión de tener un mayor tamaño, Carmelo se impresionó y sus piernas comenzaron a temblar, las sentía débiles, ese examen lo remontará a días que ya había olvidado y creyó que sus recuerdos, nunca regresaría a su memoria después de tanto tiempo. Angélica notó su nerviosismo, le colocó su mano sobre las de él y Carmelo sintiéndose apoyado continúo observando al espejo que lo regresaría a unos de sus peores momentos.

Es una gran carnicería, allí frente a la caja está él, mientras que atendiendo a los clientes hay dos jóvenes amables que se nota su experiencia en el ramo y su amabilidad.

Es una carnicería con bastante movimiento, es del señor Jesús Alberto como inversionista mayoritario, en tanto Carmelo es su socio y amigo de confianza, con una amistad que data de hace más de 20 años.

Jesús Alberto quien está en la oficina ubicada en la parte alta del local, recibe la llamada de su esposa Margarita, quién con voz cortada por el nerviosismo en ese momento, le comunica que en la casa se encuentra un tribunal integrado por un juez, dos fiscales del ministerio y la secretaria del despacho.

Jesús Alberto, salta de su silla colocándose en la mitad de la oficina, la secretaria lo mira con preocupación, algo sucede, y también se levanta colocándose a un lado de su jefe.

Su esposa le dice que están allí para embargar la casa, con todos los muebles, acusándolo de estafa por la emisión de unos cheques sin fondos por un monto de más de 800 mil pesos.

Ya voy hacia allá, que me esperen, no pueden actuar hasta no tener la información necesaria.

Margarita llorando ante tan lamentable hecho, llora desconsoladamente, no entiende lo que sucede, su esposo es un hombre muy correcto y honrado. En la casa están los 4 niños menores de la familia quienes también lloran al ver a su madre en una situación tan triste, nunca la han visto llorar con tanto dolor y pena.

El juez, dio 30 minutos para la presencia del señor Jesús Alberto. Desde el carro llama a su socio Carmelo Ruiz, le informa la llamada de su esposa, pero sin dejarlo terminar de explicar, le cierra la llamada. Eso lo preocupó, y volvió a llamar y al no responder, llamó a uno de los jóvenes despachadores, quien le dice que Carmelo se fue, que tomó algunas cosas de la gaveta de su escritorio y salió con rapidez.

No puede ser, no puede ser, se decía Jesús Alberto, ¿que hizo Carmelo? ¿será que en verdad no hay dinero en la cuenta? No, imposible, las ventas han estado muy buenas y esa suma tiene que estar en la cuenta.

Apresura el paso y a los 25 minutos llega a la casa. Efectivamente el tribunal está instalado, listo para proceder al embargo.

Margarita con sus pequeños hijos encerrada en la habitación orando a Jesucristo para solucionar esa equivocación, como pensaba ella, es un malentendido.

Efectivamente, los cheques fueron presentados en el banco, en la cuenta no había ese monto, confirmada la estafa.

Cuando el juez comenzaría con el embargo, llega el abogado de Jesús Alberto, el Dr. Marcos Pérez, a quien Margarita llamó, es su hermano.

Dada la desesperación de la familia, sobre todo de Margarita y sus menores hijos, el abogado Pérez pide un plazo de 48 horas para aclarar y resolver la situación. Informó al juez que el socio de la empresa Carmelo Ruiz se ha dado a la fuga, fue él quien el día anterior retiro una alta suma en efectivo, siendo conocido en el banco y persona de confianza del socio mayoritario, le entregaron el monto solicitado.

El juez concedió las 48 horas solicitadas, teniendo Jesús Alberto que correr con los gastos de ese segundo traslado del tribunal.

Jesús Alberto y el abogado Marcos Pérez ponen la denuncia en la Fiscalía, organismo que procede a la ubicación del estafador, pero eso lleva tiempo. La salida rápida en ese momento tan apremiante es hipotecar la casa a un prestamista conocido por el abogado Pérez, por los 800 mil pesos. Cubrir los cheques y por los momentos el caso queda en pausa.

Esa historia lamentable en su vida Carmelo la vio tal como fueron los hechos en el portal de Lucero a través del espejo, pide perdón por tan bochornoso caso de traición a un amigo y socio. Con la cabeza entre sus manos por la vergüenza, expresa su error, que lo hizo, hace mucho tiempo, acepta el karma, agregando que corregirá su falta, cancelará el monto extraído y las otras perdidas que causó.

En estos momentos cuento con recursos, y pagaré lo que me pida fue un buen amigo Jesús Alberto quien no se lo merecía, pero yo tenía una deuda de juego y esos no perdonan.

Terminando la interpelación con Carmelo Ruíz, Angélica le hace una pregunta al semidios mexicano, en relación con delitos mayores como crimen, secuestros, violación que parece no son los que se juzgan en ese crucero, es decir según observa son malas acciones pero que no son tan graves como para mantener varado el crucero y están pagando justos por pecadores.

Buena la observación le responde Akzayaca, esos delitos que mencionas y otros más, son castigados por las leyes de los hombres, tarde o temprano esas personas son juzgadas y pagan con cárcel, pero malas acciones como estas que se ven en entre varios de los pasajeros, no se contemplan en las leyes con la rigurosidad que debe ser, corresponde entonces a la sociedad, a grupos o personas defensoras de la justicia actuar como lo hacemos nosotros en estos momentos, esas sanciones que ellos mismos eligen como pagarlas para eliminar o disminuir su karma servirá de ejemplo y a su vez se resta el peso espiritual que mantiene al planeta sin ascender en el plano astral tal como ya lo debería estar haciendo.

Angélica queda impresionada por esa repuesta, ella, que lee y le gusta lo relacionado a lo espiritual, plano astral, umbrales y dimensiones reconoce el nivel de Akzayaca tanto en la humano, como en lo espiritual entendiendo perfectamente la razón del por qué el despertar de la conciencia de quienes toman parte del paseo del Flor Tropical en esa ruta o paseo llamado Sendero Luminoso.

Envidia

En ese crucero, viajan varios pasajeros, ciudadanos de un pueblo donde reina la envidia, uno de los siete pecados capitales, sus acciones penalmente no se pagan, pero en el nivel espiritual es una falta grave, un pecado que arrastra un karma colectivo, por ello esa región, no avanza, son pocos los habitantes que gozan de una buena vida a pesar de ser envidiados y en muchos casos odiados.

No es por casualidad que varios de esos habitantes estén en ese mismo crucero, aprovechando un plan turístico de la misma empresa propietaria del Flor Tropical. con facilidades de pagos en cuotas mensuales.

Ellos al aceptar su pecado, reconociendo que la envidia los perjudica a ellos y a todos en la ciudad, eliminan el karma colectivo y en el mismo planeta también se sentirá el cambio.

En esta oportunidad, Lucero informa a Angélica sobre ese grupo del mencionado pueblo como los próximos en ser juzgados, logrando limpiar el karma y la posible salida del triángulo de las Bermudas.

Angélica toma la lista y se admira al conocer que son 35 los pasajeros que tienen en su haber el karma de la envidia, no son palabras menores.

Todos ellos han tenido el beneficio del plan "disfrute hoy, pague mañana"

Uno por uno fue llamado por Angélica, con la mirada de interrogación del resto de pasajeros, sin conseguir la lógica de esa citación colectiva al camarote 639, del misterioso y extraño caballero Akzayaca.

A medida que ella leía la lista de los próximos pasajeros al camarote 639, en el ambiente del crucero se notaba un extraño ambiente, causando inquietud entre ellos, sin explicar específicamente aquella incomodidad, unos con otros se miraban, no había alguna explicación clara, pero el ambiente era otro, algo pasaba, algo presentían.

La misma Angélica en la lectura de la lista, suspendía por momentos la lectura para observar con más detenimiento que sucedía, qué ¿podría ser ese ambiente pesado que se sentía en todo el crucero?

Ella, antes de terminar el llamado a los pasajeros, entro al camarote, notificó a Akzayaca la situación.

Sale al pasillo, y sí hay como una neblina menos densa que la de exterior, pero algo sucede, algo ha cambiado.

Se abre paso entre los pasajeros, se coloca en uno de los balcones para observar de cerca el mar y efectivamente, fuerzas místicas no muy favorables se hacen presentes, solo él, las ve y siente, son las almas de muchos de las personas que allí fallecieron en otros barcos y aviones.

Son muchas almas, vienen a buscar paz a sus restos, buscan que Akzayaca las ayude en su transe al siguiente umbral y puedan descansar en paz.

Son demasiadas almas. Solo él las ve, las siente y entiende el mensaje que le envían, sin embargo, son casos ya juzgados y sancionados, están en un nivel inferior, sabe así mismo que negarse a ayudarlos trae consecuencias al actual crucero con sus más de 150 pasajeros, y para ello tienen el poder necesario. Es decir, de negarse, se presentará un conflicto entre esas almas y esos mortales que juzgan en esos momentos y desconocen tanto la presencia de ellos en la nave, como las represalias que tomaran. Akzayaca tiene en sus manos en ese momento un doble conflicto, suspendiendo por los momentos la tarea que adelanta en su camarote.

Así se lo comunica a Angélica e informarles a todos ellos incluso a la tripulación.

Una vez en su camarote, plantea la situación a Lucero entendiendo ambos que se les presenta un serio conflicto que amerita una solución lo antes posible para no perjudicar a quienes están en ese momento en el Flor Tropical.

Las almas sancionadas, tienen su vocero, su representante, Dante, quien exige a Akzayaca una conversación lo antes posible.

En tanto, el ambiente pesado que todos sienten, pero no ven, ni saben la causa, aumenta al punto que la neblina que hay sobre el océano, está cambiando de color lentamente, y Akzayaca y Lucero saben que de llegar a un nivel bastante oscuro o negro habrá actuaciones de ellos inesperadas con sus consecuencias para esos pasajeros del Sendero Luminoso.

LAS ETERNIAS

Esta nueva situación presentada, le cambia el itinerario al plan de limpieza de karmas que se realizaba.

Angélica no entiende mucho esa situación, pero les será útil a todos como la intermediaria entre todos incluso en cuanto a la búsqueda de un nuevo camino para aligerar la solución y todos lleguen a feliz término en el tiempo previsto.

Eso no será así, la neblina en el océano allí en el Triángulo de las Bermudas preocupa a todos incluso al semidios, a Lucero la mística de los portales, al punto que creen necesitaran apoyo de otra semidiosa, la muy apreciada Itchel, reina de la tribu del centro de la tierra quien como integrante del trio de la Eternias, junto con Alfia la esposa de Akzayaca y con el poder de la piedra del dios azteca, han resuelto grandes problemas en el planeta tierra.

Hablar de las Eternias, son palabras mayores, ellas intervienen en casos fuertes tal como lo han hecho evitando una posible guerra interplanetaria que lograron resolver, así como casos de injusticias en varios países y en diferentes épocas.

Así qué, si Akzayaca decide contactarlas, y junto a Lucero reunir nuevamente al trio las Eternias, quiere decir que el caso de las "almas retenidas" amenazando utilizar sus recursos para exigir solución, la situación es complicada, haciendo más difícil sacar al crucero del gran problema que significa estar atrapados en el temido Triángulo de las Bermudas.

Lucero y él conversan, analizan las dos realidades, las personas que forman parte del actual paseo "Sendero Luminoso" proceso que llevan un poco adelantado y el caso imprevisto de almas pasadas retenidas por décadas en algunos casos, quienes también exigen justicia para salir del "infierno" donde están de manera injusta.

Finalmente deciden llamar a Ixchel la diosa indígena y a Alfia, esposa de Akzayaca, unidos analizaran las dos realidades que se han presentado en ese crucero que ya tiene un mes varado, les quedan pocos recursos alimentarios y las "almas retenidas" que es hora de hacerles justicia, tal como la exigen con cierto grado de amenaza.

 Por momentos suspenden las confesiones de liberación de karmas, en tanto Lucero abre su portal, viaja al centro de la tierra, al territorio de Ixchel y su tribu, a un reencuentro de amistad y colaboración.

Efectivamente Lucero sorprendió a Ixchel, pero al verla sabe que algo sucede, por eso al verla, fueron sus palabras "Amiga ¿qué sucede? Se unen en un abrazo sincero, han sido muy unidas en diferentes batallas libradas.

La tribu, no se sorprende al ver abierto el portal de Lucero, lo han visto en muchas oportunidades, solo saben que viene por su reina para ayudar en una nueva causa de justicia y libertad.

Así es, Lucero explica a su amiga, reina en esa parte del planeta, la realidad presentada con la aparición de almas reclamando justicia sin ser todas inocentes y para sus represalias deben estar preparadas necesitando de poderes místicos y espirituales para enfrentarlos, porque solo ellas ayudan en caso justo, no en aquellos que precisamente son los causantes de las tragedias que padecen los justos por ellos, lo pecadores cargados de karma.

Esa realidad solo la pueden enfrentar personas como las Eternias con sus poderes y espiritualidad.

Ixchel acepta ayudar a sus amigos místicos, sin embargo, debe concluir una actividad de su etnia y se incorporara luego a ellas, sus amigas Eternias.

Lucero viaja luego donde Alfia, quien continúa con su profesión de periodista, pero sin olvidar la responsabilidad que tiene como integrante de las Eternias para los casos que se deben enfrentar a otro nivel.

Lucero la espera en su casa, Alfia nada sabe de su llegada, será una sorpresa, espera ser bien recibida y no inoportuna.

Al llegar se sorprende, pero inmediatamente intuye hay alguna situación esperando no sea algún hecho con Akzayaca, su esposo de quien tiene casi un mes sin saber de él, a pesar de estar acostumbrada a eso, siempre se inquieta y esa visita sorpresiva de su amiga puede ser una de ellas.

Se saludan con mucho cariño y aprecio, y de inmediato Lucero le hace la misma explicación que le hizo a Ixchel y lógicamente que ayudará en esa misión tan extraña, pero precisamente por eso acepta y así podrá saber de su místico marido,

Para ellos, la solución del problema del Flor Tropical se queda a un lado hasta resolver la situación con "las almas retenidas". Para esa situación muy complicada, por cierto, no están preparadas, deben coordinar las acciones a seguir y definir el rol de cada una de ellas.

Akzayaca y Alfia al encontrarse se saludan con mucho amor, entre ellos ha crecido un amor sincero con el paso del tiempo.

Concluida la bienvenida entre ellos y el de Ixchel con él, se realiza la reunión y comenzar de inmediato con la actividad para ayudar a las almas de pasajeros perdidos en ese triángulo desde hace muchos años, allí hay pasajeros de muchas naves aéreas y marítimas con hechos acaecidos desde hace muchos años atrás. Es prioritario y justo que sean ellos los primeros atendidos, dejando para un "después" a los del actual crucero.

La neblina esa noche se tornó algo amarilla, no la rosada fuerte de otros días. A los pasajeros del crucero les llamó la atención, pero Angélica los calmó, aprovechando el momento para comunicarle que por los momentos las confesiones en el camarote 639 quedan suspendidas hasta nuevo aviso, hay otra situación que resolver.

Angélica se mostró gratamente sorprendida con la presencia de Itchel y Alfia, las místicas que ayudaran a resolver esos problemas con los pasajeros anteriores y los actuales en el Triángulo de la Bermudas.

La neblina rosada fuerte será un anuncio de la realidad que vivirán los pasajeros, el tiempo corre y a ellos se les agota no solo los alimentos, sino también la paciencia, muchos de ellos están al borde del colapso agotándose las fuerzas para seguir adelante en ese paseo por el Caribe que ha resultados toda una odisea en pleno océano pacífico.

Los místicos y Angélica analizan la realidad del problema extra que se ha presentado con la presencia de muchas almas perdidas desde hace años y exigen justicia, para ellos será fácil, solo esperan recibir la colaboración en cuanto a la sinceridad y esfuerzo de ellos.

Después de algunas proposiciones, aclaratorias y apoyo, deciden, como inicio, que Lucero a través de su espejo muestre los accidentes y naves que han "desaparecido" y cuantos pasajeros fueron afectados.

Con la finalidad de lograr la mayor veracidad, de cada una de esas desapariciones, tanto Ixchel, como Alfia y Akzayaca, viajaran en ese portal. Presenciaran el hecho ocurrido teniendo más capacidad y criterio para juzgar y aplicarles la justicia que se merecen, es decir ascenderán pasando al plano astral o por el contrario no serán beneficiados.

En tanto ellos resuelven el caso de las 10 naves, entre aéreas y marítimas, desaparecidas en ese triángulo extraño y místico, Angélica quien es la asistente de Akzayaca en el camarote 639, espera y aprovecha para disfrutar esos días con sus amigos los vecinos de camarote, los esposos Esther y Humberto Linares, con quienes se siente muy bien. Ella está sola, le viene bien esa compañía para pasar unos días diferentes y bajar la presión en su estado de ánimo.

VOCES DE LA HISTORIA

Han sido 10 los casos misteriosos de desapariciones en el aun Triángulo de las Bermudas, el mito, lugar en donde al no encontrarse los cuerpos han quedado solo en números.

Por ello escribiendo entre realidades y ficción con hechos históricos entramos en el mundo de lo místico y umbrales, recordando una realidad que se repite desde hace muchos años formando parte en este particular libro de historias, mitos y fantasías.

De Barbados a Baltimore

El 4 de mayo de 1918, sale de Barbados el vuelo 19 USS Cyclops con 39 pasajeros, un avión de carga.

Su destino era la ciudad de Baltimore donde debía aterrizar en unas 3 horas, sin embargo, no fue así.

Pasada la hora de llegada y sin ningún aviso de problemas en la nave, se encienden las alarmas en la torre de control tanto en Baltimore como en Barbados ciudad de donde partió con toda normalidad el avión que contenía mercancía para ser entregada en las primeras horas de la mañana.

Pasaba el tiempo y no hubo contacto ni con la radio, ni con algún otro aeropuerto que informara sobre alguna situación irregular.

Fue pasando el día, la preocupación de un inicio, pasó a estado de alarma, luego a posible tragedia, nada de eso sucedió, el avión con el paso de los días lo dieron por desaparecido a pesar de las protestas de los familiares de los 39 pasajeros en su mayoría con residencia en Barbados.

El tiempo fue pasando y aquella desaparición quedó en eso, sencillamente, desapareció y ya. En esos años no se contaba con la logística necesaria para mayores y más detalladas investigaciones, de tal manera que el caso quedó en los anales del olvido y la desinformación.

Fueron 39 almas que quedaron entre las sombras de algo desconocido, olvidadas, nadie las reclamó, nadie las volvió a mencionar y el tedio llegó al olvido eterno vagando en esas sombras que hoy ven un hilo de esperanza en ese crucero varado, con seres vivos, y un poco más allá, con seres místicos en quienes ven la oportunidad de sacarlos de ese limbo donde han vagado eternamente sin un sentido, sin una meta, ni un fin.

Akzayaca como médium ancestral, entra a ese mundo los ve, cuerpos vagando en el vacío, desorientados, solo Ixchel la diosa del centro de la tierra, entiende esas voces que por años han clamado por ayuda, solo ella escucha, se les acerca, la reacción de sorpresa e inquietud fue manifiesta en todos ellos, los rodean.

Alfia la mística del poder invisible, quien es la juez del equilibrio en ese trio de seres especiales que desean ayudar a esas almas perdidas en el vacío, está convencida que allí no hay maldad, son espíritus sanos, merecen una oportunidad.

Es Akzayaca, como médium ancestral, quien busca alguna explicación espiritual porque ese grupo de 39 personas están en ese limbo como un castigo previo, alguna razón o explicación hubo para tal final en un viaje tan corto.

No todos fueron limpios de corazón, les dice Lucero, la mística que lo ve todo en su espejo, en su portal. Hay quienes deseaban hacer daño y aún mantiene esa intención.

La consecuencia de sus intenciones recayó en el resto de quienes se unieron al grupo de pasajeros, en otras palabras, les dice Akzayaca, pagaron justos por un solo pecador, ahí la causa de la desaparición. Ellos no murieron producto de un accidente, solo murieron con el tiempo.

El desvío hacia el triángulo castigador fue causado por un imán místico para castigar a quien tiene el alma corroída por la envidia y la maldad.

Por él, pagaron pasajeros, tripulación y sus familiares que aun sufren por sus desapariciones sin explicación alguna.

Alfia como hacedora de justicia, actúa extrae del grupo de los 39 a uno de ellos, precisamente quien estaba pidiendo clemencia en el crucero con amenazas de represalias, porque él solo ve maldad, actúa con maldad.

Alfia, pide a Akzayaca como semidios azteca, exculpe a los 38 pasajeros inocentes para liberarlos y sigan hacia el umbral donde conseguirán paz por toda la eternidad.

Lucero en su portal los transporta al umbral superior con el agradecimiento de todos terminando con esos años bajo una sombra que no se merecían.

El culpable de la desaparición de ese avión 19USS, quedó allí vagando entre esas sombras oscuras hasta reconocer sus culpas y pagar su culpa.

Las Eternias y el semidios Akzayaca, lograron hacer justicia en la primera de las otras 9 desapariciones inexplicables en el triángulo de las Bermudas. Desapariciones con más explicaciones místicas y espirituales que física y aeronáuticas.

Misión de entrenamiento

En diciembre de 1945, salen del aeropuerto For Lauderlader, un avión Flight con 14 aviadores para realizar prácticas de vuelo como parte de su entrenamiento.

Jóvenes con la ilusión de convertirse en pilotos de aviones de pasajeros para vuelos nacionales e internacionales, siendo el sueño de todos ellos tal como lo han comentado entre ellos quienes desde niños soñaban con volar, con manejar sus propios aviones.

Con esa ilusión desde las primeras aulas que visitaban como alumnos de la educación básica, ellos expresaban que la meta es llegar a obtener la licencia y el diploma para volar en su país, Estados Unidos, como por todo el mundo y ya están en ese punto cercano para lograrlo.

Con días de anticipación se preparan para esa incursión en un vuelo largo que les permita a los 14 escogidos practicar durante esa mañana y cumpliendo con el horario establecido, se reúnen en uno de los aeropuertos mas importante del país, en For Lauderdale, con esa misión que representa tal vez, consolidar el sueño de obtener los conocimientos y las credenciales necesarias para ello.

Algunos de esos futuros pilotos, llegan al aeropuerto acompañados de sus familiares, unos casados, otros aun no, pero todo demostrando que son jóvenes responsables con una familia que los representa.

Con la ilusión de ser un entrenamiento que los pondrán al frente de un vuelo, suben los 14 estudiantes al Flight a las 10 de la mañana de ese día del mes de diciembre.

El cielo despejado, un clima excelente, no se anuncian tormentas, ni lluvias, todo lo contrario, un espacio limpio, libre totalmente apropiado para el fin que ellos tienen como es demostrar su destreza en el manejo, es decir que están listos para dar el siguiente paso y alcanzar el título de piloto de la fuerza aérea norteamericana.

Se estima que el entrenamiento será de unas 3 horas, tiempo suficiente para los 14 futuros aviadores, por lo tanto, el retorno se tiene previsto para las 2 de la tarde, en tanto que en ese tiempo mantienen contacto con la torre de control del aeropuerto.

En la primera hora y media del vuelo, todo estuvo normal, los contactos entre el avión y los controladores fue normal, fluido, sin novedad. Los contactos se realizaban cada 30 minutos por tratarse de estudiantes, es un entrenamiento de rutina, pero al fin es entrenamiento a jóvenes sin experiencia, ni con conocimientos de tácticas de emergencia frente a cualquier eventualidad.

A las 2.15 de la tarde, debían establecer el siguiente contacto con la torre de control. No lo hubo, fue la primera alerta, desde ese momento intentaron una y otra vez conectar con los 14 jóvenes aviadores.

Nada, pasaron las 5 de la tarde y teniendo que regresar a las 3, dan por hecho algún percance.

Las nubes comienzan a cambiar de tonalidad, de ese blanco característico, está pasando a gris, anuncia lluvia, anuncia tempestad y eso impide que de manera inmediata salgan en la búsqueda del Flight con los 14 aviadores en prácticas sobre el mar. Todo debe esperar hasta el siguiente día, pero siempre con la esperanza que el vuelo regrese y aterrice en cualquier momento.

Nada ocurrió, por lo tanto, una misión de investigación y rescate con 13 tripulantes parte a la primera hora de la mañana hacia la ruta que el Flight debería cumplir.

En ese avión de rescate, un Máster PBM con los 13 tripulantes, luego de unas 5 horas de haber partido, también perdió contacto con el aeropuerto de For Ladearle creciendo el terror entre el personal de aviación, la situación se hizo más crítica a medida que pasaban las horas.

Ya eran 27 los pilotos desaparecidos en el aire, sin anuncio de fallas, o cualquier otra emergencia. No hubo explicación lógica conectando esa situación con la desaparición del vuelo 19 de USS Cyclops avión de carga con 30 pasajeros que nunca llegaron a tierra.

Estos 27 desaparecidos de quienes nada se consiguió, ni sus cuerpos, ni los aviones, ni señal alguna de su paso por ese espacio, quienes también en medio de la neblina que bloquea al Crucero Flor Tropical, sus almas se presentan buscando su paz, su avance hacia el umbral, a quienes reconocen como seres místicos que los pueden ayudar en ese trance y definitivamente salir de las sombras donde se encuentran desde hace tantos años.

Akzayaca fue el primero en reconocer que no son almas con karma, sino seres que se desviaron de su ruta entrando a un plano místico provocado por un choque de corrientes en el aire que los empujó hacia ese lugar.

Al encontrarse entre dos dimensiones, quedaron atrapados sin ayuda, si poder comunicarse con la torre de control y así en esa extraña dimensión están con el solo deseo las dejen libres para ir cada uno al plano que les corresponde y eso tan solo lo pueden lograr esas personas místicas, que ocupan el camarote 639 con poderes más allá de lo humano.

Efectivamente Lucero, Ixchel y Alfia reconocen que siendo hombres limpios de karma y que han llegado a esa dimensión por razones más allá de la lógica, merecen avanzar, ya no pueden regresar al lugar de donde salieron, pero, si pueden pasar el umbral de paz, tranquilidad y armonía que se merecen.

De esa acción se encarga Alfia, la dama del umbral, una a una los va llevando al portal que las conduce al lugar que se merecen.

Son almas que al fin consiguen la paz y justicia que se han ganado, eran 19 jóvenes que con gran ilusión realizaban su último vuelo de adiestramiento para lograr el título de piloto. No fueron esos los resultados, pero después de tanto tiempo atrapados entre esas dos dimensiones, logran la paz que necesitan.

Allí mismo los 14 rescatistas, quiénes cumpliendo una buena acción, fueron juzgados por ese tribunal místico del camarote 639 del Flor Tropical, uniéndose a los jóvenes estudiantes en ese pase al umbral que se merecen y donde consiguen su paz y reposo eterno.

Desde Bermuda a Isla Azores

El 30 de enero de 1948 con 31 pasajeros, parte desde Bermuda hacia la Isla Azores el vuelo Star Tiger.

Nunca llegó a su destino, se quedó en algún lugar del trayecto y considerando las anteriores desapariciones, se dedujo que habían entrado al Triángulo de las Bermudas y sin mucha investigación o acciones de rescate, el caso fue cerrado a pesar de las exigencias de las familias de los 31 pasajeros por haber dedicado poco tiempo a buscar la causa y lógicamente los cuerpos de todos ellos y el resto del avión.

Con esta nueva desaparición misteriosa en esa zona comprendida entre Bermudas, Cuba y Puerto Rico, las naves o los aviones eran advertidos del triángulo peligroso para evitar acercarse a esa zona.

Sin embargo, así no fueron los resultados otras sorpresivas desapariciones ocurrieron en los siguientes años.

Con la finalidad de ayudar a esas 31 personas que también exigen sean liberadas de su situación funesta desde hace más de 70 años, Lucero la mística quien maneja el portal que supera dimensiones y umbrales, traslada al lugar a los encargados de hacerles justicia, a la diosa Ixchel, al semidios azteca Akzayaca y a Alfia la dama del umbral.

De los 31 pasajeros, 23 eran hombres y 8 mujeres, de clase media, y para sorpresa de ellos mismos, todos tienen karma que pagar. Ese peso espiritual causó el desvío, la atracción hacia el triángulo como si fuera un imán que no les permitía salir cobrando sus pecados y malas acciones, cumpliendo hasta los momentos casi 70 años en ese limbo, teniendo al fin una oportunidad de avanzar hacia otra dimensión.

Es una situación semejante al actual crucero Flor Tropical donde un buen número de pasajeros tienen culpas que pagar con la diferencia que son menos casos y están recibiendo ayuda de seres místicos quienes también podrán actuar en esas situaciones.

Allí la diosa Ixchel, sublime, justa expresa que el mar ya les ha cobrado sus culpas, han logrado traspasar su tiempo y siendo así, ya el relato es otro, quedó escrito en la profundidad de sus aguas.

Akzayaca, reconoce que ellos ya fueron cifras, fueron estadísticas, y el mar no guarda cuerpos, sino tránsito, ellos ya no están ni en el fondo, ni en la superficie, buscan su nueva ubicación y es lo justo.

Alfia la dama del umbral, pone de manifiesto el pacto antiguo, el tiempo ha sido cumplido sus karmas cancelados entre la profundidad y el silencio.

Ha sido una misión más superada por el trio de las Eternias, y el semidios azteca.

De Puerto Rico a Miami

Sale de Puerto Rico el avión DC-3 NC 16002 con destino a Miami con un total de 29 pasajeros y 3 tripulantes.

El 28 de diciembre de 1948, la torre de control anuncia la desaparición de sus radares del vuelo que nunca llegó a Puerto Rico y pasando por la zona más peligrosa, concluyen que es otra misteriosa desaparición en el Triángulo de la Bermudas

Esas 32 personas que no llegaron nunca a Miami, sus almas también se unen al grupo de personas que formando parte del crucero Flor Tropical, están varados hasta pagar sus karmas.

Más trabajo místico que realizar el equipo de las Eternias y Akzayaca mientras quienes están en ese crucero del paseo "Sendero Luminoso" continúan esperando por ellos con la esperanza de salir de allí antes de complicar más su situación por falta de logística entre eso, la alimentación para los 150 pasajeros, agua potable, insumos personales, medicina y demás.

Tanto las Eternias, como Akzayaca están conscientes de esa realidad y buscan aligerar la situación imprevista con los pasajeros de los 10 casos de aviones y barcos desaparecidos entre los años pasados de 1945 al 1.950.

De Bermudas a Jamaica

El 17 de enero de 1949 el avión Star Ariel con 30 pasajeros a bordo, se dio por desaparecido luego de haber salido de Bermudas con destino a Jamaica, lugar donde jamás llegó y aún hoy se desconoce qué fue de ellos, así como de la tripulación.

Son 30 almas más que esperan también desde hace 70 años ascender de dimensión aprovechando al crucero allí varado con un personal místico que realiza trabajo espiritual superior y ellos se le suman para liberar en algún momento a todas esas almas atrapadas allí en ese triángulo sin explicación lógica alguna, pero lo peor con ellos las almas retenidas que han padecido y hasta pagados sus pecados.

Es la razón por lo cual, Akzayaca, quien como semi dios de los aztecas y con poderes para despertar conciencias y espíritus, fue designado a esa labor especial, que luego se le sumaron las almas que por más de 70 años han esperado su momento para salir del limbo donde se encuentran, tuvo que acudir a las Eternias, el trio de mujeres místicas como apoyo para tan difícil y minuciosa misión.

Al igual que en otros casos, de esos 30 pasajeros del vuelo entre Bermudas y Jamaica, hay unos con más karma que otros, hay entre mujeres y hombres, unos que en realidad son libres de culpa, les aligeran el trabajo de limpieza y en esta oportunidad es nuevamente Ixchel, la diosa del trio femenino místico, quien se encargó de ellos y para resolver la situación, liberó directamente a un grupo religioso que viajaba en el vuelo. Eran 12 mujeres dedicadas a Dios, a obras de caridad, atender enfermos en los hospitales y ancianatos. Son de la organización "Mano de Dios" y quienes viajaban hacia Jamaica para atender a la población afectada por un fuerte terremoto. Allí quedaron varadas y después de unos 70 años ascenderán espiritualmente en el mundo místico pasando directo al umbral que se merecen por sus vidas en favor de la humanidad. Alfia, la dama del Umbral las llevó directamente al plano superior, traspasaron el umbral que se merecían y al fin se les hace justicia.

El resto de los 18 pasajeros, entre hombres y mujeres, fueron analizados por Lucero en su portal bajo la observación de Akzayaca, y al reconocer sus faltas, manifestar sinceramente su arrepentimiento y pedir perdón al Todopoderoso y al universo, superaron la triste realidad que han llevado, estando en esos momentos muy agradecidos con el Señor al poner frente a ellos, a los místicos y dioses que en esos momentos cumplen su misión en el crucero encallado dado el peso espiritual que lleva con más de 150 pasajeros, no todos con buen karma.

El S.S. Marine Sulphur Queen

En febrero de 1963 el barco de carga, con bandera americana, el SS Marine Sulphur Queen, desaparece igualmente como las otras naves aéreas o marítimas en el triángulo de las Bermudas con 25 personal obrero y empresarial.

Zarparon desde Puerto Rico para Miami, destino que no cumplió por las mismas características de las anteriores desapariciones en el océano.

Todos hombres, según las informaciones, en anteriores oportunidades han viajado con éxito por la misma ruta, de allí que la desaparición fue anunciada muchos días después al no llegar a su destino y darles un tiempo de espera, tiempo cuando se anunció la desaparición del barco y los pasajeros.

Estas 25 almas fueron analizadas por Akzayaca directamente, no había mucho que decir, eran hombres, con caminos muy distorsionadas en su mayoría, tanto así, que reconocieron la decisión de no ascender al umbral, esperar un nuevo juicio para terminar de pagar el karma.

El Yate Witcheraft

En las aguas del océano en las cercanías de Miami, un yate particular con tan solo dos pasajeros, en diciembre de 1967 desapareció para asombro de quienes los vieron salir como un paseo más de los tantos que se realizan y observan en ese lugar en temporadas y días específicos.

Era muy normal observar yates y demás embarcaciones pequeñas pasear, divertirse y festejar en esas aguas de Miami, por eso al notar su retardo en regresar, hecho que pasó los límites de espera, hacen el llamado a las autoridades acuáticas del lugar.

La búsqueda se inició de inmediato, inclusive por varios días, y ningún rastro se registró. Con el paso de las semanas, el Yate se dio por desaparecido comentando que fue un nuevo caso en el temeroso Triángulo de las Bermudas.

Lucero, considerando lo misterioso de este Yate, abrió su portal. Efectivamente no hubo desperfecto mecánico alguno, era un paseo normal de una pareja, sin saber cómo, el Yate en un determinado punto alejado de Miami, el Yate no se vio más, sencillamente fue absorbido, desapareció así nomás.

La pareja, entre esos tantos espíritus náufragos, pasaban casi desapercibidos, pero no así para Alfia, la dama del umbral. Es una pareja de novios, con vida limpia y familiar. Fue hacia ellos, los ubicó dentro del grupo y sin más, los extrajo por sobre todos aquellos, los llevó al umbral, entraron con una sonrisa de agradecimiento. Salieron a dar un paseo y de pronto quedaron en medio de la nada, así nomás, y por años esperaron el rescate humano que nunca llegó, pero si el espiritual en la figura de Alfia.

Yate a la deriva

En Julio de 1955 en las playas al sur de las Bahamas se encontraron un yate a la deriva, en su nombre se leía Conminara IV.

Por tres días buscaron en las cercanías sin resultado positivo, tampoco se conoció de familiares o amigos que hubiesen solicitado información sobre desaparecidos en esas áreas cercanas al lugar donde apareció el yate que según las investigaciones no presentó daño a la vista, tampoco de violencia, con la teoría de las autoridades de ser uno o máximo dos pasajeros quienes estaban a bordo.

En estas circunstancias, Lucero nuevamente, abre su portal ubica el yate, perteneció a una empresa petrolera donde transportaban al personal de trabajadores.

Por algún motivo perdieron la ruta. Permanecieron varios días a la deriva y finalmente entraron al triangulo misterioso. Eran 6 hombres de quienes nunca se conoció su paradero

Los 6 confirmaron la versión de Lucero, reconociendo que eran trabajadores deshonestos y en ese viaje se reunirían en Miami con personeros de otra empresa para planificar la ruta del próximo contrabando de petróleo.

En esta realidad, nada pueden hacer por ellos en ese momento. Deben terminar de pagar su karma, es la decisión de Akzayaca y aceptada por las Eternias.

Goleta encallada

En 1921 una Goleta de 5 mástiles, fue localizada encallada en Hatteran Diamond Shoals, sin tripulación.

Considerando la fecha señalada por algunos historiadores, años 1921, fue una de las primeras, o tal vez la primera de esas desapariciones ocurridas en el famoso Triángulo de las Bermudas.

Se consiguió encallada entre rocas, sin tripulación, ni otros pasajeros. Se presume eran turistas quienes usaban esas naves, una simbiosis entre Yate y Velero.

Al indagar Lucero, abre su portal una vez más y allí está efectivamente la goleta, 5 mástiles, con 4 pasajeros. Dos matrimonios en paseo turístico que aguas adentro lo sorprendió una fuerte tormenta. Ellos cayeron al mar y la goleta fue arrastrada hasta el lugar donde fue encontrado considerándose que fueron muchos los días encallado en ese sitio.

Eran dos matrimonios amigos de la ciudad de New Jersey, según lo muestra el portal que manejan Las Eternias ayudando a resolver muchos de los casos donde participan directamente.

Han sido rescatados por ese tribunal místicos buscando disminuir la fuerte niebla que en esos momentos rodean al Flor Tropical impidiendo continuar con la misión que adelantan para salir del triángulo misterioso donde se encuentran.

Los dos matrimonios, gente buena que tan solo disfrutaba de un paseo turístico fueron tomados por Alfia para llevarlos al umbral que se merecen.

Carguero desaparecido

El S.S. Sandra, carguero norteamericano, en 1950 desapareció no hallaron rastro alguno de los tripulantes y trabajadores, ni del barco tampoco. Siendo uno de los casos más misterioso.

Allí entre las almas desaparecidas y aparecidas en el Triángulo de las Bermudas, se encuentran los 6 hombres que se encontraban en el SS Sandra y dieron testimonio a Akzayaca y a las Eternias que fueron arrastrados por una gran tormenta, ellos fallecieron todos bajo las aguas del océano y el barco y la carga también fue destruido por una especie de huracán o ciclón, pero allí en el fondo del océano están todos los restos.

Sus karmas, sus penas, fueron pagadas por la terrible manera de fallecer y sacrificarse tratando de salvar el barco. Hasta el último minuto buscaron la manera no solo de sobrevivir, sino de mantener a flote al poderoso SS Sandra.

Con estos testimonios, terminó la labor del tribunal espiritual y místico del Flor Tropical, gracias al apoyo y colaboración de las Eternias: Lucero, Ixchel y Alfia, quienes se alegraron de reunirse para verse y participar en una nueva misión llevando a su respectivo umbral a todas esas almas que por años permanecieron bajo las aguas del Triángulo de las Bermudas.

Retorno a la normalidad

Considerando que aún restan muchos por ser juzgados, las Eternias deciden ayudar a la causa, aligerar las acusaciones.

Los alimentos en el crucero van mermando día a día, incluso se comenzó a racionar ciertos rubros a fin de evitar la escasez que sería profundizar la crisis ya existente.

Así, Lucero, Ixchel y Alfia, toman la decisión no solo de colaborar con Akzayaca y Angélica, sino darle un cambio en la manera de realizar con los juicios.

Cada una de ellas tienen un poder que pondrían a activar para aligerar el proceso, dejando algunos de ellos a Akzayaca aquellos de mayor envergadura.

Para comenzar los 150 pasajeros, fueron divididos en grupos, contando con el apoyo y la colaboración de todos ellos, saben del poco tiempo que les resta y desean dar el mayor respaldo para salvar al Flor Tropical, con la esperanza de salir del atolladero y seguir por algunas rutas del Caribe para completar el paseo prometido como Sendero Luminoso.

Lucero, con su portal fue parte importante en la separación de los casos. Al final se formaron 3 grupos:

Grupo Ixchel, tomaría los casos de rencor y venganza.

Mientras Alfia a todos aquellos con karma por lujuria, envidia y pereza.

En los casos que juzgará Ixchel hubo muchas mujeres cargando el karma del rencor, el no poder perdonar, aceptar los errores de otros. igualmente, la venganza ocupó un lugar muy importante entre esos pasajeros quienes reconocieron sus falsas amistades, sus juegos de doble cara, la mentira como parte para lograr sus metas, la envidia que les enfermó el alma y dañó al otro.

En fin, que de una manera más rápida, ligera y justa se llevaron a cabo esos juicios y a medida que salían con sus almas y conciencias en paz, tanto del camarote 639, como de quienes estuvieron en las manos de Ixchel y Alfia, no lograban recuperar el equilibrio del crucero, los 150 pasajeros solo esperaban que el tour tomara su rumbo, pero pasaba el tiempo y eso no ocurría alarmando nuevamente a esos turistas por aguas del Caribe.

Ellos mismos Akzayaca, y las Eternias no entendían aquella situación acudieron a Lucero, la dueña del portal y prácticamente del destino de quienes ya han vivido y han quedado registrados en los portales correspondientes donde ella entra y conoce sus vidas, tanto las buenas como las malas acciones.

Según ellos todos los 150 pasajeros han pasado por sus manos pagando culpas o karmas, entonces ¿por qué el Flor Tropical sigue atado al Triángulo misterioso que los mantiene en suspenso en ese viaje que aún no han disfrutado tal como fue programado? ¿Por qué?

Es Lucero, quien les indica que no todos los que están a bordo en el barco, han pasado por el camarote 639, han quedado dos a quienes no consideraron por ser las autoridades del crucero: el capitán Gerardo Lamberto y su asistente Joaquín Aguilar.

Por dios, grita Akzayaca ¿Cómo es posible haber cometido ese error? En realidad, ellos también están dentro del barco y con todas las responsabilidades de lo que pueda suceder, de tal manera, que se disculpa por su error y designa a Angélica a visitarlos e invitarlos para su debida confesión, algo esconden, algo guardan en sus conciencias y el Triángulo lo sabe, es allí la causa del estancamiento.

Angélica va apresurada hacia la cabina del capitán, allí están los dos. Tranquilos, serenos, esperando que el Flor Tropical se mueva para guiarlo por la ruta original de ese paseo que realmente aún no ha comenzado.

Angélica llega agitada por la carrera para llegar rápido donde ellos.

Capitán Gerardo y usted cabo Joaquín, los esperan en el camarote del místico Akzayaca, por ustedes aun el crucero no sale del atolladero, son los únicos que faltan. Por favor acudan rápido, los pasajeros esperan y ya están entrando en pánico nuevamente, por favor vayan conmigo, les dice como suplica.

Tanto el capitán, como su asistente, se niegan, nada tiene que decir, no irán porque no se sienten culpables de nada, sus acciones han sido honestas y transparentes.

No es así, les responde Angélica, tienen sus propios pecados y por esa razón seguimos encallados y así seguirá por culpa de ustedes. Sin en verdad nada temen, pues mucho mejor así saldremos de esto más rápido.

Ella los mira esperando su reacción, y es el capitán quien se decide, pero Joaquín no acepta, se resiste. Algo oscuro tiene en su vida y teme ser descubierto. Eso está a la vista de ellos dos del capitán y de Angélica.

Es así cuando el capitán, le da la orden. "cabo Joaquín Aguilar" sígame.

Joaquín con mala cara lo obedece y lo sigue. Sabe lo que le espera, aquel hecho de años atrás es la macula en su vida y creía estaba olvidada. Debe ser a esa situación del pasado a la cual se refiere Akzayaca.

Mientras Angélica llegaba, Lucero ubicó el historial del señor Joaquín Aguilar, efectivamente, él arrastra una pena que inclusive no ha podido olvidarla.

A sus 18 años, Joaquín fue medalla de oro en los Juegos Olímpicos de los Ángeles en gimnasia masculina.

Desde temprana edad su padre, el señor Ramón Aguilar, ingeniero y dueño de una empresa constructora, lo motivó a practicar un deporte buscando formar a un chico sano, con disciplina y buena salud.

Joaquín escogió la gimnasia considerando que desde pequeño gustó de esa especialidad acudiendo a las prácticas y enseñanzas en el gimnasio de su ciudad.

De esa manera comenzó su carrera en la difícil disciplina deportiva como es la Gimnasia, tanto masculina como femenina.

Para ese entonces contaba con 14 años, con dedicación, entusiasmo y disciplina la práctico con los resultados que se esperaban. Ganaba las eliminatorias tanto a nivel regional en su estado natal, como la eliminatoria nacional siendo incorporado a la selección que representó a su país.

La competencia en los Ángeles no fue fácil, sus rivales eran de alto rendimiento y nivel, sin embargo, su mística y dedicación por tantos años dieron sus resultados, ganó la medalla de oro en la especialidad de salto de barras paralelas ganando al representante del país anfitrión, al gimnasta de los Estados Unidos.

Eso no solo le dio un nombre a nivel internacional, sino le abrió las puertas para optar a entrenador primero en su país, luego en el extranjero y en esa oportunidad de los hechos en Canadá.

Para entonces contaba con 24 años. Buen entrenador: muy técnico, disciplinado y respetuoso ganándose buenos halagos de los padres de sus alumnas, y de la directiva deportiva del país que lo acogió.

La gimnasia artística femenina cuenta con las especialidades: salto, barras, asimétricas, viga de equilibrio, suelo destacándose las chicas en gracia y flexibilidad.

No todas las chicas tienen las características para practicarla, siendo un tanto exigente para integrar la selección, tanto la estatal, como la nacional.

Joaquín comenzó con las gimnastas preseleccionadas para el equipo estatal a competir en la eliminatoria nacional e integrar la selección para representar a Canadá en los Olímpicos.

Hasta este punto de su carrera como entrenador se desarrollaba de buena manera, llegando casi a la perfección porque fue exigente para conformar una selección perfecta, sin errores, sin nervios a la hora de competir, en el peso y tamaño necesario. En fin, Joaquín, un entrenador excelente, no uno más de tantos.

Así su carrera, así su trabajo para buscar más medallas de oro, no para él, sino para sus pupilas. Eso le daría prestigio internacional y por ende seguir entre los mejores en el mundo deportivo y olímpico.

Las preseleccionadas fueron 20, para escoger las 5 que conformarán el equipo olímpico.

Las 5 escogidas o seleccionadas deben ser excelentes en todas las pruebas: barra asimétrica, 2 barras paralela a diferente altura, para ejercicio de balanceo agarre y vuelos.

Joaquín lo sabía perfectamente y sabe quiénes pueden ir a los Olímpicos y quienes aún no están preparadas.

Así se manejaba el ahora cabo en un crucero, Joaquín Aguilar quien debe contar su historia y asumir las consecuencias de su acto que marcó un antes y un después en su carrera como entrenador en gimnasia artística femenina.

Es esa su historia en el mundo deportivo de quien fue un ganador de medalla de oro en los Juegos Olímpicos de las Ángeles, quien así lo mostró Lucero en su portal frente al semidios Akzayaca, Ixchel, Alfia (Las Eternias) y Angélica.

El resto de su historia tiene que verse con el propio Joaquín presente confirmando lo que el espejo, ese portal místico, muestre y la razón por la cual el Flor Tropical aun no sale del atoro en el Triángulo de las Bermudas, juez de la vida de quienes se atrevan llegar a su territorio, a su dimensión misteriosa.

Al entrar Angélica con los dos tripulantes del crucero, el espejo, el portal, cambio de colores, de su tenue azul o verde, se mostró con un rojo intenso que impresionó al mismo semidios que ha visto muchos cambios, pero en ese tono es su primera vez, preguntado a Lucero ¿cuál es el motivo y el significado de tan radical cambio?

Ya lo sabrás, le respondió la mística del portal. Ya lo verán todos.

A su entrada, Joaquín se inquietó, sus piernas temblaban, el miedo lo tomó por sorpresa, no tenía ni idea de aquello que vio en ese camarote entendiendo el por qué le decían "el misterioso".

Dando tiempo para que se calme, todos esperaron en silencio. Luego el espejo se abrió, es decir se mostró a todos, aun nada salía, esperaban por la decisión de Joaquín, quien los miraba a todos esperando alguna aclaratoria, ¿que debía hacer?

Es Ixchel es quien le dice, Joaquín que el portal espera por él, ¿lo autoriza para que muestre su karma o lo hace sin su apoyo?

Joaquín bastante nervioso, mira a Angélica quien con un movimiento de su cabeza le indica un "si". En tanto el capitán Lamberto, en tono bastante alto, lo insta a decidir, mientras el resto de aquel "tribunal místico" espera pacientemente.

Después de unos minutos, Joaquín, da un visto bueno, autoriza que el espejo místico muestre lo que él no se atreve por vergüenza y temor a lo que vendrán después.

El espejo, cambia de su color rojo, a su transparencia normal y allí aparece Joaquín de unos 22 o 23 años, entrenando a aquellas hermosas chicas entre los 14 y 16 años.

Se le escucha dar las instrucciones de la práctica de ese día y todo ocurría de manera normal. Más adelante, aparece Joaquín en el baño de las chicas donde se encontraba la joven Thais de 15 años. Una chica delgada, con un cuerpo perfecto, pelo negro largo y ojos azules que le resaltan aún más lo linda que es.

Ella cuando lo ve le "dice hoy no Joaquín, por favor hoy no". Trata de salir del lugar, pero él la retiene, "por qué no".

Estoy cansada, me quiero ir a casa a descansar.

Tú no te vas, primero estarás aquí como siempre, sino ya sabes, no entras a la selección.

Ella lo mira, ¿hasta cuándo será esto?

Ya estas, pero hay otras que pueden ser

Joaquín se le acerca, la toma por la cintura y ella sencillamente se queda quieta, mientras él la seduce.

Thais sale llorando, pero nada dice.

Luego se lo ve a él, cerrándose el pantalón con cara de satisfacción y sonriendo.

El capitán del crucero quedó impresionado, al igual que aquellos místicos que son muchas las culpas que han visto pero esa ha sido muy cruda y repugnante.

Pero el espejo no se cerró allí. Continúa la historia,

Al día siguiente al concluir los entrenamientos, Thais no entró al baño, salió del gimnasio directo a su casa.

Entra Sofía, la rubia de la selección. Hermosa igual que Thais.

La misma situación, toma a Sofia por la espalda, ella trata de soltarse, pero las mismas palabras:

"Tranquila Sofia, tranquila, ya estás en la selección, quieres seguir ahí, ¿verdad?

Sofía igual que Thais, sencillamente se quedó quieta y el procedió de la misma manera.

Allí Lucero, detiene al espejo. Lo mira, hablas o seguimos, Joaquín.

Con su cabeza entre las manos, grita que ya basta, que eso fue hace muchos años, que está arrepentido y demás excusa que Ixchel lo detuvo, con la pregunta de rigor, ¿hubo más chicas violadas, o solo ellas dos?

Todas, agrego Joaquín, las 5 de la selección lo permitían para participar en los Juegos. Todas, gritó, pero eso fue hace mucho. Ya no lo hice más y ellas no me acusaron por temor a sus padres y a la opinión de los dirigentes deportivos.

¿Y cómo llegaste a ser asistente de capitán de navíos? Preguntó Akzayaca.

Cuando terminaron los Juegos Olímpicos me retire, me aleje de los gimnasios. Hice cursos sobre pilotos aéreos, pero me retire eran muchos los riesgos. Mi padre me recomendó a un amigo suyo capitán de barcos, el señor Miguel González, quien me aceptó y allí comencé hasta hoy a trabajar en barcos de carga, y cruceros.

El espejo, el portal de Lucero no se cerraba, algo quedaba por decir, y es cuando Ixchel hace la pregunta de rigor. ¿te arrepientes? ¿has buscado el perdón de esas chicas abusadas?

No, realmente no. Respondió Joaquín, yo me retire del Gimnasio, ellas no me acusaron y todo quedó hasta hoy que me han obligado a decir.

Sabes que el Flor Tropical, está aún varado por ti. Entonces ¿qué harás para resarcir tu mala acción y salir de este atolladero? Le preguntó la propia Lucero.

Aun con la cara tapada con sus manos, respondió que no sabe, que no tiene ni idea, que él ya de eso no se recordaba, fue hace muchos años.

Algo debes hacer, estamos varados y de continuar así en unos días más estaremos sin agua potable, sin comida y sin medicamentos, agregó en tono fuerte el señor del camarote 639, Akzayaca.

¿Díganme ustedes cómo puedo resarcir lo que pasó hace tantos años? dijo el asistente del capitán del crucero.

Yo te lo diré le dijo Lucero. Ya sabes que manejo este espejo, es un portal y te puedo localizar cuando yo lo quiera y donde tu estes. Vas a prometer que el llegar a tierra al regresar, buscaras a esas chicas que ya deben estar casadas y con hijos, te disculparás, si logras el perdón de todas, habrá terminado tu mal proceder. Pero si ellas o una de ellas no te perdonan, regresaremos por ti con las consecuencias y la pena que decidamos en ese momento.

'Y si no me disculpó? dijo el señor Aguilar.

Ahora mismo te llevo conmigo, estarás en el portal que escoja y allí te quedaras, porque esa gente que está en este crucero no tiene por qué pagar por tus culpas. Nos vamos tú y yo, te dejo en algún punto del camino hasta que te decidas a cumplir la pena, fueron las duras palabras de la señora del portal Lucero.

Resuelto el último caso de esta tragedia del Flor Tropical, los 150 pasajeros, sintieron que el crucero se movía, que comenzaba a navegar lento, pero se movía. Fue una limpieza general de esas 150 personas que no están allí por casualidad, sino por causalidad, debían estar allí, debían limpiar sus vidas.

Hubo casos más fuertes que otros, pero todos entendieron la situación, la aceptaron, colaboraron y poco a poco aquel peso espiritual que atoró, encalló al crucero se fue liberando con ese gran trabajo de Akzayaca el semidios descendiente de Quetzalcóatl dios azteca, de Lucero la del espejo místico que abre los portales, de Ixchel la semidiosa del centro de la tierra, de Alfia la poseedora de poderes, y señora del Umbral, esas tres damas que conforman a las Eternias, siempre unidas y presentes en casos más allá de lo humano entrando a lo místico, a lo esotérico, a las dimensiones.

Un gran equipo místico, que hizo todo no solo para sacar del atolladero al crucero Flor Tropical, sino a todas esas 150 personas entre ellas varias que tenían penas que pagar cumplieron su misión. Como siempre todos en equipo logran las soluciones más allá del mundo humano, del mundo físico

La salida del triángulo de las Bermudas fue celebrada de diferentes maneras, el capitán Gerardo Lamberto, anunció que harán una escala en Puerto Rico para abastecer de algunas faltantes en el crucero y extender el paseo "Sendero Luminoso" por una semana más como recompensa por la paciencia y comportamiento de todos en tan difícil situación.

La celebración fue en grande, los 150 pasajeros que atravesaron tan difíciles días se sienten como una sola familia, la unión y confianza les permite en estos momentos tratarse con seguridad, amabilidad y confianza como buenos amigos o familia cercana.

La fiesta de celebración duro dos días, en realidad se lo merecían por su comportamiento y aceptación de la limpieza espiritual necesaria para salir del atolladero donde permanecieron 5 semanas.

Casos como el de Chabela y Samuel que todos conocieron fue uno de los mejores resultados. No solo por el encuentro en sí entre ella como madre y él como el hijo, sino que conoció que su padre fue aquel señor joven que lo ayudo con sus poemas y el libro sobre su vida que le han proporcionado una mejor vida económica y social. Valió la pena el encuentro con los místicos del camarote 639, enviados especiales para limpiar vidas y almas destinadas a superar sus karmas.

Ellos, los místicos: Akzayaca, Las Eternias: Lucero la del portal, Ixchel la diosa del centro de la tierra y Alfia ligada a los dioses aztecas, la dama del Umbral, regresaron a sus dimensiones, satisfechos por los resultados de una situación nada fácil en el Triángulo de las Bermudas que seguirá siendo un misterio para muchos, donde ellos lograron con éxito la misión encomendada.

¿MISTICO O FENOMENO?

Angélica, la curiosa periodista que ayudó con la limpieza espiritual que debía hacerse en el crucero Flor Tropical, como periodista al fin, quedó intrigada sobre que es en realidad el Triángulo de las Bermudas, ¿es un lugar místico, es un fenómeno combinado con lo místico?

Comenzó su propia investigación que más tarde, unos meses después lo hizo público en su libro de acuerdo con los resultados obtenidos en las entrevistas con versados en el misticismo y en los fenómenos de la naturaleza.

Resumiendo, su trabajo, podemos señalar que el triángulo de las Bermudas es un espacio donde coinciden varios factores naturales: corrientes del Golfo de México, tormentas repentinas, cambios de brújula en líneas agónicas, nubes de gas metano.

No es ni místico, ni fenómeno natural, sencillamente es una zona con varios factores naturales:

Cuando se menciona la corriente del golfo de México es una corriente oceánica cálida, rápida y muy poderosa.

Nace en el golfo de México, pasa por el estrecho de Florida cruza exactamente por la región del Triángulo de las Bermudas. Luego sube por el Atlántico Norte hacia Europa.

No es una corriente suave, sino una especie de rio dentro del océano con velocidades que pueden superar los 6-9 km/h. algo enorme para el mar.

En el Triángulo de las Bermudas ocurre algo especial: la corriente del golfo choca con la corriente fría del Atlántico del Norte, se encuentra con corrientes locales más lentas, fondos de marinos irregulares (fosas, montes submarinos)

Esta situación provoca olas anómalas, olas gigantes que aparecen sin aviso.

Provocan cambios bruscos de rumbos de barcos. Desplazamientos rápidos de restos, lo que hace creer que desaparecieron sin dejar rastro.

En otras palabras: el mar se mueve como si tuviera voluntad propia.

EL Triángulo de las Bermudas es famoso por muchas cosas más:

Tormentas que nacen sin aviso. El agua cálida de la corriente del golfo mas el aire frio en altura.

Produce tormentas eléctricas explosivas. Nubes Cumulonimbos gigantes que desorientan a pilotos. Provoca turbulencias extremas, hacen desaparece aviones del radar por minutos o tal vez más. Diríamos que el cielo se cierra como una puerta.

Hablando de un punto entre ciencia y misterio:

En el triángulo existe una zona cercana donde el norte magnético y el norte geográfico coinciden y es algo muy raro.

Hay variaciones magnéticas locales y las brújulas pueden: girar lentamente, marcas rumbos falsos y "volverse loca" justo antes de la tormenta.

Existen las llamadas líneas ley o energéticas:

Son supuestas líneas de energía que cruzan el planeta.

Conectan lugares especiales (pirámides, templos, zonas anómalas)

Investigadores esotéricos creen que varias convergen en el triángulo.

Si hablamos del gas metano, como enemigo invisible:

Bolsas de gas metano atrapadas en el fondo del mar. Si se libera de golpe el agua pierde densidad, los barcos pueden hundirse porque simplemente dejan de flotar.

No dejan rastros, no hay explosión, no hay gritos, no hay testigos.

Podríamos decir, que el barco se fue hacia abajo como si el océano lo hubiera soltado.

En cuanto a un fenómeno místico:

El triángulo no puede ser una sola cosa, sino:

Un lugar donde muchos factores naturales extremos coinciden y esa coincidencia crea: desorientación, miedo y pérdida de control.

Lo cual abre la puerta a la interpretación mística.

El Triángulo de las Bermudas no era un punto maldito como dicen las leyendas, ni tampoco un simple error de navegación, es una confluencia.

La corriente del golfo de México pasaba por allí como un rio invisible cálido y veloz, chocando con aguas frías, levantando tormentas que nacían sin aviso. Las brújulas perdían el norte porque el norte mismo parece moverse.

Bajo el océano, bolsas de gas que dormían como pulmones antiguos capaces de ver variar el agua de su peso.

Y por encima de todo algo más difícil de medir una sensación persistente de que la realidad en ese lugar era más frágil. Como si el mundo tuviera una grieta.

EL FLOR TROPICAL

La neblina que cubrió el crucero, no llego, sencillamente estaba allí, el radar estaba encendido pero la pantalla mostraba una vibración extraña como si el mar estuviera respirando.

El capitán redujo la velocidad sin dar la orden en voz alta, nadie quería admitir que algo no encajaba.

Corriente del golfo le dijo su asistente, estamos entrando en ella.

El agua cambio de color, no era azul, ni verde era más densa más oscura como si ocultara profundidad donde no debía haberla. El crucero comenzó a desplazarse lateralmente, no hacia adelante, no hacia atrás, sino de lado arrastrado por un rio invisible bajo la superficie. Entonces la brújula giro, no violentamente, no como un fallo mecánico, giro con deliberación.

Eso no era posible le dijo el asistente, el norte no se mueve, pero se estaba moviendo.

El cielo se cerró en segundos, nubes gigantes se levantaron sobre ellos como muros y un relámpago ilumino la niebla desde dentro, revelando algo imposible el mar no era plano, ondulaba como si algo respirara debajo.

Un sonido grave emergió del casco, no era un golpe, era una pérdida de sostén, el barco se hundió unos centímetros y luego floto otra vez.

Gas metano, dijo el capitán, pero su voz no tenía convicción, porque el etano no explicaba el silencio, ni la sensación de estar siendo observados.

El tiempo dejo de avanzar con normalidad. Los relojes no se detuvieron, pero cada segundo pesaba más que el anterior, la niebla lo cubrió todo, no había ni arriba, ni abajo, solo una espera espesa.

Entonces alguien grito en voz alta sin saber de dónde venía: "No estamos perdidos, estamos en tránsito". La niebla se estremeció sobre el mar.

Entre los real y místico

Todo tiene una explicación, sí, pero no todo tiene sentido. Unos hablan de corriente, gases y magnetismo. El otro de umbrales, grietas y tránsito.

Y ninguno pudo negar lo que vivieron.

Considerando la realidad vivida por los 150 pasajeros, más la tripulación y todo el personal de servicios, ninguna de esas explicaciones resultaba suficiente por si sola, para algunos el crucero logro salir porque las corrientes se estabilizaron. el gas se disipó y los instrumentos recuperaron el rumbo. Para otros, algo más había ocurrido, cada uno había sido enfrentado a aquello que llevaba oculto, o culpas no resueltas, discusiones postergadas.

No era el crucero el que había cambiado de dirección, sino las personas que lo habitan.

Y cuando ya no hubo nada que revelarles la neblina se abrió.

El triángulo no castiga, examina.

¿MITO O LEYENDA?

Luego de explicar que aún no hay hechos y pruebas concretas si el Triángulo de las Bermudas es provocado por razones místicas o es un fenómeno especial, se concluye que esas historias son consideradas leyendas que nos llevan a preguntarnos si es un mito o una realidad, porque en verdad las desapariciones de personas y naves aéreas o navales, ocurrieron, que a través de los años han sido más leyendas que historia es así, pero hoy en día y desde los años finales del siglo 20 no se ha conocido de alguna otra desaparición. Entonces ¿es el Triángulo de las Bermuda un mito?

Echando un vistazo a las noticias y comentarios de esos años conoceremos quienes han podido ser los autores que convirtieron al Triángulo de las Bermudas en ese misterio, y al final en un mito a pesar de que las desapariciones fueron reales en esa era del siglo pasado.

Vincent Gradadles

Fue un escritor conocido por textos sobre fenómenos extraños y misteriosos, siendo primero reportero de periódico, se especializó luego en temas paranormales y casos no convencionales.

La revista donde publicó su artículo se llama: Argosy Magazine, especializada en historias de ficción, aventuras, y contenido sensacionalista para un público amplio.

Para mediados del siglo 20 Argosy también publicaba artículos de interés general, relatos que combinaban hechos reales con un tono espectacular que cautivaba a los lectores.

En febrero de 1964 publicó el artículo titulado: The Deady Bermuda Triangle (El mortal Triángulo de las Bermudas), fue el primero en utilizar eso del Triángulo de las Bermudas para describir el áerea del Atlántico entre Miami y las islas Bermudas y Puerto Rico. Relacionándolo con desapariciones de barcos y aviones en términos misteriosos y sensacionalistas.

Lo que hicieron Gradadles y otros periodistas sensacionalistas no fue descubrir un fenómeno científico comprobado, sino dar forma a un mito moderno.

Podemos agregar en ese sentido que en 1964 ya existían menciones periodísticas sobre desapariciones en esa zona incluyendo reportes de prensa sobre casos como el Flight 19.

Gradadles no invento las desapariciones, pero si inventó el termino y la narrativa popular convirtió esos eventos en un "misterio inexplicable".

Su artículo popularizó la idea de una zona peligrosa y misteriosa del océano más allá de explicaciones naturales como tormentas o errores humanos.

La leyenda creció cuando otros autores como Charles Berlitz con su libro de 1964 expandieron sus narrativas mezclando ficción, teorías paranormales y exploraciones sensacionales.

La fama del Triángulo de las Bermudas es una narrativa mediática y cultural que nació en gran parte gracias al periodismo del siglo 20 y a libros populares de misterio.

Edward Van Winkle Jones

Es preciso mencionar que en 1950 Edward Van Winkle Jones fue el primero en mencionar un área triangular en un artículo en el Miami Herald, con ello comenzó, la idea de un lugar misterioso en el Atlántico, aunque no uso el termino Triangulo de las Bermudas.

Siendo otro de los escritores que se sumó a ese hecho misterioso donde tanto aviones, como barcos e inclusive lanchas, velero de turistas y hasta lanchas pesqueras desaparecen en un instante y nunca aparece, ni los pasajeros, ni la nave propiamente. Por eso el misterio que eso despertó, también motivaba a escritores y periodistas investigar y escribir sobre ese tema que domino los últimos años del siglo XX.

George Sand

Luego en 1962 George Sand en la revista Flat Magazine publicó el articulo "Sea mystery at our back door" donde mencionaba desapariciones extrañas en la zona delimitada por Florida las Bermudas y Puerto Rico. Fue la primera vez que se habló de un área triangulada y agregaba un componente sobrenatural.

Fueron muchos los autores a quienes se señalan como los "primeros" en mencionar una cosa u otra, en el caso de la palabra Triángulo de las Bermudas, como la de misterioso, pero en realidad muchos de esos escritos coincidían en varios aspectos sobre el fenómeno o misterio.

John Wallace Spencer

En 1975 John Wallace Spencer escribió uno de los primeros libros dedicados al triangulo titulado "limbo of the lost", eso ayudo a mantener vivo el interesante tema.

Cuando muchos pensaron que ya se habían olvidado periodistas y escritores del misterioso Triángulo de las Bermudas, sale a la luz este nuevo libro que mantuvo viva la narrativa de ese hecho que cautivaba a los lectores.

Por mucho tiempo esos libros fueron solicitados y que en esos años 70 con pocas distracciones, hechos como ese llamó la atención y así el misterio continuaba, las especulaciones también, pero el lector disfrutaba de eso. Salían de la rutina de noticias de siempre en política y economía.

Charles Berlitz

En 1964 Charles Berlitz fue quien realmente hizo famoso el mito a nivel internacional "The Bermudas Triangle" que llegó a vender más de 20 millones de ejemplares en varios idiomas.

Mezcló elemento de misterios, ciencia poco convencional y referencias paranormales. Berlitz fue más creativo, incluyó su creatividad como escritor, su musa perfeccionó la narrativa cautivando con sus cuentos, datos y hechos históricos de una manera tan llamativa que ha sido uno de los escritores con mas libros vendidos en esos años 60 cuando dominaban las noveles de amor y detectives.

Richard Wiener

Luego se mencionan a otros escritores como Richard Wiener "The Devils Triangle" en 1974.

Quien continuo con la narrativa de misterio, aunque con un tono más escéptico sobre causas paranormales y más enfocado a errores humanos, condiciones climáticas o fenómenos naturales.

Wiener se basó más en encontrar las causas reales de esas desapariciones que en realidad eran increíble de creer en esos años 70 cuando ya la humanidad tenía más conciencia de hechos y sucesos, que, en continuar la narrativa del misterio, lo místico, el mal allá, y esos conceptos ya imposibles para creer.

Por la seriedad de sus planteamientos unos lo aceptaban y apoyaban, en tanto otros insistían en lo misterioso, el más allá, lo entérico y creencias artificiales.

Larry Kusche

En 1975 Larry Kusche sin ser periodista tradicional, fue un investigador riguroso que desmonto, muchas afirmaciones sensacionalistas su libro "The Bermuda Triangle Mystery Solved" citó que muchos relatos están mal documentados o tenían explicaciones convencionales.

Este libro fue muy valioso para entender cómo se construyó el mito y por qué muchos de los relatos eran exagerados o completamente inexactos.

Este investigador puso en duda las versiones más fantásticas mostrando que muchas desapariciones tenían explicaciones convencionales.

Kusche con su libro, más científico que misterioso y esotérico, ayudó a frenar un poco aquellos escritos fantasiosos que permitían más ventas de libros y revistas, pero engañaron a muchos y eso en nada contribuía a una realidad, porque en verdad las naves desaparecían, pero lo necesario era buscar la razón, la causa del fenómeno y mientras continuaban con lo misterioso no se le dada el debido interés a una realidad que se había llevado a cientos de personas que nunca aparecieron.

En el siglo XXI

Los cierto de este caso llamado "Triángulo de las Bermudas" ha sido un misterio, un hecho muy comentado hasta un poco más allá de la mitad del pasado siglo XX, hecho que nos hace pensar cuál es entonces la razón del ¿por qué en este siglo XX! no se ha conocido ningún otro caso de desaparecidos?

Sin ser expertos en el tema, tan solo conocer por investigaciones y lecturas de varios autores, un poco sobre las realidades en el pasado siglo y en el presente, podemos modestamente concluir que las características en muchos sentidos y aspectos son diferentes.

En el siglo XX, la tecnología era muy limitada, nada avanzada para analizar en esos tiempos hechos tan sorpresivos como las desapariciones de barcos o aviones en una determinada zona como la que se llamó el Triángulo de las Bermudas. En esos días, solo se concluía sobre el caso con especulaciones, suposiciones, teorías solo en el papel, no comprobadas, mala documentación y teorías lanzadas sin verificación.

Las rutas, horarios, condiciones atmosféricas, malas y casi primitivas comunicaciones y brújulas rudimentarias, fueron factores suficientes para que, hechos como las desapariciones, no solo fueran tomadas como precaución, sino evitarlas y más tarde se tomaran como fenómenos y teorías que terminaron en leyendas urbanas y mitos creados por escritores y periodistas.

En este siglo XXI, las condiciones son muy diferentes sobre todo en la parte de la tecnología, los avances han sido constantes, vertiginosos permitiendo la prevención de accidentes tanto en barcos como en aviones.

Existe el GPS, indispensable hoy: barcos, aviones, vehículos, celulares, etc. Satélites globales que se adelantan a los acontecimientos naturales y observan todo lo que este por mar, tierra o aire. Radares avanzados, que captan cualquier detalle que se escape humanamente, alerta, advierte y dirige.

La comunicación hoy en día es muy superior ayudando en casos tanto favorables, como peligrosos en el momento y lugar exacto.

Son esas algunos de los hechos que han permitido que ya casos como esos ocurridos en el Triángulo de las Bermudas estén quedando en mitos, leyendas urbanas y especulación o escritos y novela de ficción como este libro.

Fue una era, que parece cerró su ciclo, que la realidad, la tecnología y los avances científicos ha sepultado en letras, comentarios, nota de prensa y libros.

DONDE LA RAZON NO ALCANZA

Pero hay territorios que no pueden ser sepultados por la razón, ni archivados por la historia.

Lugares donde la tecnología no entra y donde los mapas pierden sentido, allí en un espacio sin nombre comienza otra travesía.

Existe un umbral invisible, porque no todo lo que desaparece se extingue, hay espacios que no mueren, se transforman y cuando el mundo cree haberlos superado, regresan bajo otra forma reclamando ser comprendidos.

Cuando el viaje deja de ser eterno, lo que sigue pertenece al terreno de los hechos comprobables, tampoco pertenece a las crónicas oficiales, pertenece a ese punto exacto donde el viaje deja de medirse en millas y comienza a medirse en conciencia.

Son hechos que la historia no puede explicar, sin embargo, hay fenómenos que sobreviven a los siglos, porque no buscan ser explicados, sino vividos y es allí donde la razón se detiene y el símbolo toma la palabra.

Es cuando el barco deja de ser el barco porque hubo un momento silencioso, casi imperceptible en donde aquel viaje dejó de cumplir su objetivo original. No se perdió, no se hundió, no se rompió, no desapareció sencillamente cruzo el umbral.

Ese umbral invisible, es un mito en gestión, el Titanic, el Flor Tropical, las tantas naves que se convierten en conciencia individual.

Cuando el barco dejó de ser barco, al principio nadie lo notó, el crucero seguía avanzando, o eso creían. Los motores continuaban emitiendo su rumor constante, las luces continuaban encendidas como si nada hubiera cambiado.

Las copas seguían llenándose, las risas flotaban en algunos pasillos y el reloj del salón marcaba la hora con una puntualidad casi insultante. Todo parecía estar en orden, todo normal.

Pero no lo era, hay un instante casi sin sentirlo en donde los lugares dejaron de cumplir su misión original, sin estruendos, ni con señales visibles.

No hay una alarma que, anuncie el tránsito hacia el umbral que los espera, simplemente sucede. El espacio queda solitario, cambió de propósito y comienza a llenarse de sentido.

El crucero dejó de ser un medio de transporte cuando el tiempo comenzó a mostrarse de manera extraña, las horas no avanzaban con la misma lógica, los minutos se estiraban o se encogían según el estado de ánimo.

Algunos pasajeros pensaban haber dormido durante días, otros que no habían cerrado sus ojos en semanas.

El reloj seguía allí pero ya no mandaba, fue entonces cuando aquel poderoso barco comenzó a transformarse.

Los pasillos dejaron de conducir a los camarotes y empiezan a llevarlos al recuerdo.

Cada puerta cerrada, era una escena, una conversación interrumpida en la verdad postergada.

El comedor no era lugar para alimentarse sino un lugar donde el silencio pesaba más que cualquier palabra.

En tanto la cubierta abierta al océano infinito se convirtió en espejo y miraba al horizonte no veía agua, veía su propio miedo al caer.

El barco no viaja sobre el mar, navegaba dentro de las personas.

Algunos aquella situación la intuyeron ante que otros. Lo sintieron en el cuerpo, una opresión en el pecho, en la dificultad para respirar sin motivo aparente.

Otros lo resistieron con terquedad aferrándose a la idea que aquello era solo una demora, un fallo técnico, algo pasajero, pero el espacio no negocia cuando ha decidido cambiar de naturaleza.

Un crucero está hecho para llegar a su destino. Un espacio simbólico existe para obligarte a mirar, y en ese punto exacto cuando la niebla se cerró como un telón, el mar dejó de responder a las leyes conocidas, el barco cruzó el umbral, sin moverse, sin hundirse, sin romperse simplemente dejó de ser lo que era.

A partir de entonces, nadie era solo pasajero, todos eran ahora convocados.

Allí la madre no entendía esa nueva realidad que no aparecía en la ruta marcada, no sabía por qué el reloj marcaba la hora diferente y al final dejó de indicar el tiempo, tampoco comprendía, por qué el silencio pensaba como una mole.

Sobre ella y aquellos a su lado se veían envueltos en una extraña neblina que a pesar de su espesor se diferenciaban unos de otros.

Aquel caballero siempre impecable, en aquel pasillo sintió un dolor inmenso en su pecho, al frente de él un mar que se convertía en nada, en vacío.

Aquel barco no era el mismo que pocas horas antes las copas llenas danzaban entre manos, ahora por el aire unas, otras rodando por entre las mesas y personas extrañas. Dejó de ser barco para transformarse en juez silencioso

DEL MITO AL UMBRAL

El Titanic pertenece a una era que ya concluyó, no solo por el tiempo transcurrido, sino porque su historia, ha sido contada, analizada, discutida, publicada y archivada hasta el cansancio.

Fue discutida por la ciencia, por la ingeniería y por la memoria colectiva cada final, cada discusión y cada error han sido convertidos en actos casi sagrados.

El mundo creyó con ellos haber cerrado el capítulo, pero hay naufragios que no termina cuando el agua se cierra sobre ellos.

El Titanic dejó de ser únicamente barco para convertirse en símbolo.

En él se unieron: la soberbia humana, la fe ciega en el progreso. La fragilidad de la vida y el silencio final del mar.

Ya no navega en el Atlántico Norte, navega en la conciencia de la humanidad, por eso regresa una y otra vez, porque los símbolos no se hunden, se transforman.

Sin embargo, este libro no buscar repetir una historia conocida, ni quedarse anclado en el eco del pasado. La memoria cuando no se transforma, se convierte en peso y todo peso, exige movimiento.

Hay un momento en el cual el relato debe abandonar el terreno de lo heredado para atreverse a cruzar hacia lo creado.

Si el Titanic representa el mito que nos fue entregado, el Flor Tropical nace como un umbral, no surge de archivos, ni de hemerotecas, sino de una pregunta más profunda: ¿qué ocurre cuando el naufragio ya no es colectivo, es íntimo?

¿Cuándo el barco no se hunde en el mar, sino en el interior de quienes lo habitan?

A diferencia del Titanic, el Flor Tropical no carga con la solemnidad de la historia. No está marcado por fecha escrita, ni por cifras definitivas.

Su tiempo es impreciso, su geografía inestable. No avanza según las coordenadas, porque su viaje no está destinado a llegar a un puerto sino a invocar una travesía interior.

Aquí el mar deja de ser testigo del pasado para convertirse en interlocutor del presente.

La niebla ya no oculta restos, sino preguntas, y el barco lejos de transportar cuerpos, comienza a transportar conciencias.

El Flor Tropical no pretende explicar, sino revelar. No busca respuestas, sino encuentros.

No reconstruye un naufragio, lo reinventa.

Así comienza otra navegación no sobre las aguas del mundo, sino en un territorio invisible donde cada ser humano guarda su propio océano.

Siempre se ha escrito sobre naufragios humanos sin considerar los naufragios que cada uno lleva en su interior, aquello que se transforma en karma o en penas que debe pagar antes de decidir a cuál umbral llegará.

El Flor Tropical a diferencia del Titanic, la embarcación y uno de los naufragios más impresionantes del mundo, pretende enfocar la intimidad, lo que se oculta, lo que daña al alma y al espíritu.

Es una manera muy particular de ver una humanidad frete a su propio archivo, no como biografías y relatos, propio de la historia, sino como un reconocimiento a faltas que hunden los principios e impiden llegar a un nivel superior desde lo místico, lo etéreo que al final es lo válido, aquello que cuenta realmente para salvarse, no de las aguas profundas, sino de si mismo.

El Flor Tropical es un viaje al interior de cada uno de sus pasajeros, es buscar una oportunidad de sanar desde lo profundo, desde la propia conciencia olvidada en el trayecto de la existencia.

El Flor Tropical, más que navegar en las profundas aguas de un océano, lago o mar, es navegar en la profundidad del alma, de la conciencia, del interior, entrando en un mundo de ficción con otro enfoque, teniendo como paradoja al barco tal vez el más importante, al propio Titanic con sus estadísticas, coordenadas y números, una realidad escrita con palabras frías en algunos casos sin sentimiento.

NO SON BARCOS, ES CONCIENCIA

No se trata qué el mar haya cobrado demasiados barcos, sino que la humanidad ha navegado demasiado tiempo sin mirarse a sí misma. Cada barco hundido, cada nombre borrado por la sal, es una tragedia menos, una tragedia aislada. Y más un síntoma de su propia tragedia, muchas veces tratando de olvidarla, en otras con temor a enfrentarla.

Seguimos construyendo máquinas para vencer el agua, pero no conciencia para escucharla, analizarnos, corregir y avanzar, ya no en el océano en esas aguas profundas, sino en nuestra propia vida. La conciencia parece haber pasado a un segundo o tercer plano en la humanidad, y es allí cuando entra en este escrito el Flor Tropical, un viaje entre lo místico y la realidad, la ficción y la narrativa cotidiana

En la realidad hablamos del error que estuvo en la tecnología, en la soberbia de los ingenieros, en la confianza ciega en el progreso. Estuvo y sigue estando en la idea de que avanzar es llegar más rápido, más lejos, más alto sin preguntarnos hacia donde vamos y para qué.

Quizás no necesitamos más barcos surcando océanos saturados de ruido y ambición, colmados de satisfacer placeres, gusto y poder

Quizás lo urgente sea otra cosa, una navegación interior, un silencio capaz de oír las advertencias, una conciencia que entienda que cada travesía es también un acto ético, espiritual y colectivo.

La mayoría de quienes formaron parte de la estadística de fallecidos en el Titanic, carecían de una conciencia colectiva, esa que da el sentido del bien y el mal, así como regular su conducta de acuerdo a la ética y a la capacidad de reflexionar, esa realidad que allí quedó manifiesta, fue la consecuencia que en el momento de la tragedia, la situación se complicara aún más, haciendo más difícil la salvación de muchos como niños y mujeres, pasajeros de la clase social más económica quienes colocaron sus nombres de manera importante en esas cifras de muertos que impresionaron al mundo.

En contraste a esa situación y realidad, aparece el Flor Tropical, el crucero con una misión distinta, deteniendo el paseo para entrar y despertar la conciencia de aquellos pasajeros que durante su vida la mantuvieron a un lado, casi inexistente. Aquí no se repetirá la historia del Titanic, aquella tragedia del 1912, cuando el ser humano olvidó sus límites, su fragilidad y su responsabilidad.

En este crucero por el Caribe, seres místicos se abocarán a revivir la conciencia de esas personas. Otro viaje por el océano, pero con un fin distinto

Lo lograron, sobrevivieron tanto en lo físico, como en lo moral, en su interior, fueron pasajeros que entraron cargados de culpas, y otros muy diferentes cuando ya liberados de sus karmas, disfrutaron humanamente del paseo "Sendero Luminoso". El Flor Tropical fue su umbral.

Lo más lamentable, continuamos repitiendo el mismo viaje, una y otra vez, en otras naves, en nuevos tiempos donde nada parece cambiar.

Entendamos que la niebla no tragó, espero.

El mar no castigó, solo respondió a una soberbia manifiesta.

La Respuesta llegó por olvidarse de sus límites y fragilidad.

Cada travesía debe ser una navegación interior.

Cada travesía debe ser un acto ético, espiritual y colectivo

HABLA EL MAR

He visto pasar imperios, errores humanos, silencios que no quisieron escuchar.

No me llamen tumba. La tumba devuelve nombres, yo guardo historias. Ustedes cuentan cuerpos, hacen listas, pero olvidan que yo no recojo restos, recojo pasos.

Quien entra en mí, no siempre muere, a veces cueza, por no decirlo a todos, porque no todos se hunden.

Me culpan por desaparecerlos, como si yo borrara. No entienden que conservo de otro modo. En mi corriente viajan memorias, decisiones, miedos no resueltos. Donde las brújulas fallan y el tiempo se cierra, no hay perdida, hay transición. Yo no tengo naves por casualidad, las recibo cuando el orgullo más que el acero, cuando la certeza humana olvida que aún no lo sabe todo. No me pidan lo que entró completo y decidió no regresar. El mar no contradice a la ciencia, la atraviesa.

EL ECO HUMANO

Aquellos que trascendieron, quienes fueron el alma de esas tragedias, quedaron en el mar, guardián de sus memorias, archivo guardado en toda su profundidad como el gran cementerio sin lápidas, siendo juez y testigo de todo lo que sucedió.

No se siente culpable, es ajeno a esa tragedia en muchos casos provocados por la misma humanidad que por momento pierde su realidad, sobrepasa sus límites entrando en un estado de superioridad que raya en la soberbia, con sus lógicas consecuencias.

El mar no habla, el mar guarda, da espacio, recibe nombres, no es precisamente el protagonista de esas tragedias como en varias oportunidades se ha querido presentar, sencillamente está allí para esperar el transitar, es un espectador más de hechos trascendentales que marcaran en la historia su nombre, pero donde no tomo parte alguna, sencillamente solo recibió, guardo y silenció.

Mientras la humanidad, esa que no murió, que no trascendió, pero que si quedó con culpas, por su arrogancia, por guardar silencio cuando debería exigir repuestas, cuando buscó olvidar en lugar de enfrentar la verdad, la realidad de lo sucedió, debería dar explicaciones a quienes aun esperan a sus hijos, a madres que siguen poniendo en la mesa un plato más, a un padre que siente culpa por no poder personar a un hijo a su tiempo.

Siempre se miran como culpables al océano o al mar, también al lago por esas tragedias que han podido evitarse, como la piragua Santa Isabel en Maracaibo, Venezuela, en 1931, permitiendo la sobrecarga, un peso muy por encima de su capacidad provocando una hundida súbita sin oportunidad alguna de salvación.

O el Ferry MV Sewol, en Corea del Sur en el 2014, donde ordenaron a los 250 estudiantes mantenerse en el camarote mientras el ferri se hundía, perdiendo sus vidas como consecuencia de órdenes estrictas mientras su tripulación escapaba para salvarse.

O sencillamente el Titanic, el barco más moderno de su época, con la mas alta tecnología, sucumbió sin llegar a la mitad de la trayectoria, no por sobrecarga, sino por descuido de la tripulación al no alertar a tiempo sobre el iceberg que no solo abrió cinco de sus compartimientos, sino que los remaches de baja calidad en el casco permitió la entrada violenta del agua hundiéndose en 3 horas. Agregando que los botes salvavidas eran muy escasos para el número de pasajeros.

Allí en casos como esos, los mas impresionantes en aguas del océano, ¿fue culpa de esos mares?

Es allí cuando se entiende que el mar solo espero, luego recibió y finalmente guardó nombres y silencios.

"Mientras el Titanic se hundía el 15 de abril de 1912, Jeremiah Burke, sabía que no sobreviviría. Tomó el frasco de agua bendita que le dio su madre antes de salir de Irlanda. Con dedos temblorosos escribió: "Desde el Titanic, adiós, a todos, Burke de Glanmire, Cork". Selló la botella y la lanzó al Atlántico helado. Un año después, un hombre la encontró en los lodazales de Dunkettle, cerca del hogar de Burke. El mensaje, llegó a sus padres desconsolados, llevando las últimas palabras de su hijo a través del océano. Es la única parte de él que regresó a casa" (youtube.com)

FIN

EPILOGO

El océano, el mar, siguen ahí inmensos e indiferentes con un manto de niebla extendido como un espejo íntimo.

Muchos han retornado a la normalidad ignorando las visiones, los llamados y las marcas que dejó este viaje en sus almas.

Pero quienes vieron más allá de la superficie no olvidaran lo que aprendieron entre las olas y las brumas.

La niebla es la metáfora de aquello que no queremos ver: nuestra historia, nuestros miedos, nuestra verdad oculta.

Quienes regresan de ese umbral del tiempo, no vuelven igual.

Y así al cerrar estas páginas queda la pregunta suspendida, ¿hasta qué punto nuestras vidas están dictadas por la claridad de los hechos, o por la espesa niebla de lo que no contamos para sobrevivir?